나의 계절
너의 온도

KB192362

나의 계절 너의 온도

지은이 **천성호**
펴낸이 **최정심**
펴낸곳 **(주)GCC**

초판 1쇄 발행 2019년 5월 30일
초판 3쇄 발행 2019년 6월 18일

2판 1쇄 인쇄 2019년 12월 20일
2판 1쇄 발행 2019년 12월 25일

출판신고 제 406-2018-000082호
주소 10880 경기도 파주시 지목로 5
전화 (031) 8071-5700 팩스 (031) 8071-5200

ISBN 979-11-90032-42-1 03810

본 책은《사랑은 그저 사랑이라서》의 리커버입니다.

www.nexusbook.com

나의 계절
너의 온도

천 성 호   지 음

넥서스BOOKS

관심 없던 별자리가 눈에 선하고

주변 배경일 뿐인 달이 한 편의 시가 되니

나의 계절은 곧 사랑이겠습니다

별처럼 빛나고 달처럼 또렷한

사랑이고 싶네요

부디 당신의 계절도 이곳이길

–

사랑으로 가는 계절 어디쯤에서

천성호

1.

초록빛 바람

2.

한낮에 뜬 달

3.

어스름 노을

4.

저녁 눈사람

PART 1.

초록빛 바람

다름 아닌
사랑

당신을 잊기 위해 홀로 떠난 여행길. 목적지는 따로 없었죠.
그저 바다가 있는 곳으로 가고 싶었을 뿐. 너른 바다를 대면하
면 마음속 깊이 자리한 답답함과 아픔이 씻겨 없어질 거라 기
대했던 모양이에요.

아무런 대책 없이 가방 하나를 올려 메고서 열차에 몸을 실었
습니다. 다행히도 기대했던 것처럼 낯선 거리와 사람들, 그리
고 푸른 바다를 대면하니 미처 털어내지 못한 지난 사랑이 씻
은 듯 사라지는 것 같았습니다.

'이제야 보냈구나.'

너른 바다를 향해 호흡을 널리 뱉어냈습니다. 바다를 마주한 채로 만난 여행객들과 대화를 나누기도 했고, 함께 한바탕 웃음을 터뜨렸다가 다시 서로의 인생 이야기에 귀를 쫑긋 기울이기도 했죠.

그러다 보니 시간이 훌쩍 지나 어느새 해는 수평선 아래로 기울고 있더군요. 여행객들은 각자의 여행길에 다시 올라섰지만, 마지막으로 한 번 더 바다를 보고 가겠다며 전 그 자리에 조금 더 머물렀습니다. 역시 바다의 피날레는 노을이 질 때라며, 해와 달이 바통을 바꾸는 광경을 넋 놓은 채 지켜보았어요. 해는 느릿느릿 움직이면서도 잘도 아래로 떨어졌고, 붉은색 하늘은 점차 남색으로 물들어갔습니다. 아마 그즈음이었던 것 같습니다. 아주 서서히, 그러나 소리는 없이, 해질녘 불어온 바람에 당신은 어김없이 다시 날아들었습니다.

아무리 화려한 거리를 걸어도, 멋진 건축물과 푸른 바다를 마주해도, 결코 채워지지 않던 고질적인 결핍. 그건 다름 아닌 사랑이었습니다.

당신이라는
계절

"요즘 어떤 계절을 보내고 계세요?"

언젠가 짧게 스쳐간 인연이 내게 던진 질문. 만난 지 불과 30분도 채 되지 않은 첫 만남 자리에서, 결코 평범하지 않은 이 시(詩)적인 질문에 어떤 답변을 꺼내 들어야 할지 고민이었다. 약간의 고민 끝에 '봄'이라고 답했다. 마침 그때가 사월이기도 했고, 내 마음도 꽃피는 봄과 같았기 때문이었다.

그 사람은 대뜸 내 대답이 시시하다고 했다. 보기에 따라서 다소 무례한 반응일 수도 있지만, 첫인상이 마음에 들었던 탓인지 나는 현장에서 무례함을 찾진 못했다.

아무튼 그 사람은 곧바로 말을 이어갔는데, 자신의 계절은 어제까지는 차가운 봄이었지만 내일부터는 따뜻한 겨울이겠다며 당최 알아듣기 힘든 말을 했다. 고개를 갸우뚱하는 내 반응이 재밌었는지 그 사람은 눈을 가느스름하게 만들며 싱긋 웃어 보인 뒤, 어려운 이야기의 본론을 스스로 꺼내들었다.

그 사람에게 겨울은 하얀 설렘으로 뒤덮인 '화이트 크리스마스' 같은 것이었다. 연인과 사각사각 발자국을 남겨가며 걸을 수 있는 그런 아늑한 겨울날. 반면 봄은 뜻하지 않게 찾아온 꽃샘추위였다. 생각지 못한 시기에 갑작스레 불어온 차가운 바람, 그건 그 사람이 겪은 봄의 아픔이었다.

우린 첫 만남임에도 앉은 자리에서 세 시간이 넘도록 수다를 떨었고, 그해 봄 우린 서로만의 따뜻한 계절을 함께했다. 나는 꽃망울이 피어나는 두근대는 봄을, 그 사람은 화이트 크리스마스처럼 설레는 봄을. 하지만 정작 겨울이 찾아왔을 때 우린 더 이상 함께이지 못했다. 나에게 그해 겨울은 차갑고 매서운 칼날 바람이었고, 그 사람에게 그해 겨울은 눈이 내리지 않았으니까.

그때 알게 되었다. 계절은 모든 이에게 똑같이 적용되지 않는다는 사실을. 누군가에게 추운 계절이 누군가에겐 따뜻한 계절이 될 수 있고, 또 누군가에게 설레는 계절이 다른 누군가에겐 아픈 계절이 될 수 있다는 걸.

누가 그랬던가, 계절은 절대적인 것이라고.
아니다. 계절은 늘 상대적이다.

전이될 수 없는
감정

나이는 서로 다르지만 오랫동안 절친한 벗으로 지내는 H. 서로의 감성코드가 비슷해 H와 나는 만나기만 하면 이런저런 쓸데없는 애기를 주거니 받거니 하는데, 지난 일요일도 우리는 어김없이 카페에 앉아 둘만의 수다를 잔뜩 벌였다.

시간 가는 줄 모르고 얘길 주고받다가 대화의 종점은 어느덧 서로의 근황에 도달했고, 요즘 사랑에 관한 글을 쓰고 있다는 내게 H는 대뜸 이런 말을 해주었다.

"사랑이라는 감정은 다른 감정과는 다르게 전이가 참 어려운 것 같아요. 사람은 보통 힘든 사람 옆에 있으면 눈물 나고 기쁜 사람 옆에 있으면 웃음이 나는데, 이상하게 사랑은 오롯이 내 감정이 아니면 크게 와닿지 않잖아요? 재밌는 책이나 슬픈 영화는 사람을 웃고 울게 할 수 있지만, 사랑은 자기가 직접 겪어야만 아는 감정인 거죠."

듣고 보니 고개가 절로 끄덕여졌다. 이별의 여운에서 헤어 나오지 못한 사람이 사랑에 푹 빠져 있는 친구와 같은 공간에 있다 해서 같은 감정으로 물들진 않는다. 오히려 반대로 사랑 속에 들어가지 못한 자신의 처지를 비관하게 될지도 모른다.

사랑은 결국 각자의 몫으로 각자의 길을 걸어간다. 사랑은 타인으로부터 동화되지 않는다. 다만 세상에는 여전히 사랑이 존재하는구나, 그걸 새삼 깨달을 뿐이다.

그 날의
분위기

옷은 현관문 밖의 우릴 대변합니다. 서로가 바라보는 모습과 분위기는 차려입은 옷에 좌우될 때가 많으니, 우리가 입는 옷은 단순한 옷이 아닌 '분위기'일지 모릅니다. 어떤 옷을 입느냐에 따라 종종 그날의 분위기가 완연히 달라지곤 하니까요.

사람들은 저마다 즐겨 입는 옷 스타일이 있습니다. 대부분의 날에는 평소 즐겨 입는 옷을 꺼내 입지요. 그게 곧 자신의 분위기이자 일상의 모습이니까요.

그러다 가끔 어떤 날은 변화를 주고 싶어 평소와 사뭇 다른 느낌의 옷을 꺼내 입기도 하는데, 그런 날에는 만나는 사람마다 어김없이 '오늘은 왠지 뭔가 달라 보인다'며 한마디씩 입을 댑니다. 단지 옷 하나 바꿔 입었을 뿐인데 말이죠.

아마도 그건 분위기뿐 아니라 우리의 행동이 입은 옷에 따라 달라지기 때문이겠죠? 우리의 걸음걸이는 잠옷 바지를 입을 때와 청바지를 입을 때가 다르며, 반바지를 입을 때와 정장 바지를 입을 때가 다르니까요.

종종 출근길에 걸어가는 직장동료의 뒷모습을 보곤 합니다. 그들 역시 저마다 즐겨 입는 옷이 있기에 뒷모습과 걸음걸이만으로 누구인지 추론할 수 있는데, 놀랍게도 거의 대부분 그 대상을 알아맞히는 것 같습니다.

어느덧 계절은 성큼성큼 지나 다시 봄으로 돌아왔고, 어제는 휴일을 맞아 대대적으로 옷장을 정리했습니다. 철 지난 옷들을 차곡차곡 개어 넣고, 다가온 계절에 맞는 옷을 꺼내다 보니, 문득 그 옷들이 대부분 색상과 재질만 다를 뿐, 비슷한 형태라는 걸 알 수 있었습니다.

어쩌면 그 옷들은 타인에게 드러내고자 했던 저만의 분위기였는지 모르겠습니다. 멋 부린 듯 과하지 않은, 무색에 약간의 색채를 더한, 옅은 잔향을 남기는 사람의 모습을 말이죠.

아, 참. 조금 늦은 고백일 수 있겠지만 저는 당신이 입고 오는 옷을 대부분 좋아한답니다. 어제 입고 왔던 독특한 청록색 코트도요.

꽃은 시들지만
예쁘잖아

일명 '언트럴파크'라 불리는 연남동 경의선 숲길에 가니 길목을 환히 밝히는 커다란 꽃집이 하나 있더군요. 꽃집의 간판은 그저 '꽃'이라는 한 글자만 덩그러니 써 있을 뿐, 그 이상의 정보는 찾아볼 수 없었죠. 그런데도 꽃집은 꽃을 사려는 사람들로 붐볐고, 그 마법에 이끌려 들어가고야 말았습니다.

꽃은 직접 한 송이씩 고를 수 있었고, 고른 꽃을 카운터로 가져가면 숙련된 장인들이 꽃을 일사분란하게 포장해주더군요. 물론 포장지도 구매자가 직접 선택할 수 있고요. 꽃의 양에 따라 조금씩 다르겠지만 대략 만 원 정도면 그럴싸한 꽃다발을 얻어가는 것 같았어요.

함께 간 친구 녀석은 여자친구에게 선물할 거라며 꽃집의 내부 사진을 찍어댔고, 전 그곳을 빠져나와 가까운 편의점에서 맥주를 몇 캔 샀습니다. 금요일 저녁답게 많은 인파가 공원을 가득 메웠지만 다행히 두 사람이 앉을 만한 공간은 어렵지 않게 찾을 수 있었습니다.

여기저기 손에 꽃을 든 사람들이 눈에 들어오더군요. 꽃내음을 맡으며 걸어가는 연인들을 보니, 꽃은 사랑 그 자체라는 생각이 불쑥 들었어요. 만약 사랑이 완전히 무르익는 시점이 꽃이 활짝 피는 단계인 만개(滿開)와 같다면, 그 이후는 낙화의 시기겠죠. 만개의 감정은 서서히 시들어갈 테고 언젠가 앙상한 가지만을 남긴 채 왕성하던 꽃잎은 모두 사라질 테니까요.

그렇지만 꽃은 새로운 계절에 다시 피어나는 법입니다. 사랑은 한 송이 꽃의 생처럼 새순-개화-만개-낙화의 과정이 분명히 존재하고, 그 과정이 수없이 반복되고 뒤섞입니다. 어떤 날은 꽃잎이 만발했다가, 또 어떤 날은 꽃잎 하나 없는 앙상한 모습이었다가 하면서요. 또 개화기가 오면 언제 그랬냐는 듯이 다시 꽃잎을 드러냅니다.

결국 꽃은 피든 지든 사랑이 된다는 거예요. 활짝 핀 모습은 지구별 그 어떤 모습보다 아름답기에, 다수가 아닌 한 사람을 위해 피는 꽃이기에, 찰나의 존재들이 만들어가는 특별한 몸짓이기에, 시듦은 끝이 아닌 시작을 알리는 것이기에, 사랑은 꽃처럼 시들지만 언제나 아름답습니다.

사랑은 감성이
시키는 것

종종 친구들의 사랑 고민을 들어줄 때가 있다. 친구들은 보통 답을 정해놓고서 고민을 털어놓는 경우가 많지만, 그럼에도 그때마다 나는 마치 사랑의 전문가라도 된 마냥 친구에게 아낌없는 직언과 여러 방법을 늘어놓고는 했다.

그런데 기묘한 것은, 반대로 내 사랑 고민을 친구에게 털어놓을 때면 아둔해보이던 친구가 어느새 상담 전문가가 된다는 점이다.

타인의 사랑은 이성으로 대하지만, 자신의 사랑은 감성으로 바라보기 때문인 걸까? 타인에게 조언할 때는 누구나 이 분야의 전문의인데, 자신의 사랑 앞에서는 모두가 애타게 처방을 기다리는 중환자가 돼버린다. 마치 이 두 역할을 반복하며 상황극을 벌이는 것처럼.

만약 사랑을 철저하게 이성으로만 다룰 수 있다면 연인들이 가지는 고민의 총량은 지금보다 현저히 줄어들까? 어쩌면 완전히 제로 값으로 떨어질지도 모르겠다. 스마트한 사람들의 사랑회로는 오차 없이 맞물릴 테니 말이다.

그러나 이성만이 존재하는 사랑은 엄밀히 말해 사랑이 아닐 것이다. 기분에 따라 시시각각 변하는 감정이 배제된 사랑이 어찌 사랑이라 할 수 있을까. 모든 사랑에는 한 편의 '시'가 존재해야 한다. 사랑은 사람과 사람이 만나 한 편의 시가 되는 과정이니까.

만약 사랑에 직업이 존재한다면 그 직업은 과학자도, 철학자도, 의학자도 아닌, 다름 아닌 시인일 것이다.

언제부터 우리 사랑에
줄자가 필요했던가요

어떤 사람은 평범한 사람을 만나고,

어떤 사람은 광택이 나는 사람을 만나고,

또 어떤 사람은 빛나는 사람을 만나지.

하지만 누구나 일생에 한 번 무지개처럼 찬란한 사람을 만난단다.

그리고 그런 사람을 만났을 때 어떤 것과도 비교할 수 없단다.

_영화 〈플립〉(Flip, 2010) 중에서

한 남성이 나란히 앉은 아이에게 묻는다.

"그 애가 왜 좋아?"

아이는 휴대폰에서 시선을 떼지 않은 채 답한다.

"몰라. 그냥 걔를 보고 있으면 좋아."

아이들의 사랑은 직선적이고 순수하지만 우리 어른들은 그런 아이들의 사랑을 가벼이 여길 때가 많다. 너희가 사랑을 알아봐야 얼마나 알겠냐며, 나이가 들면 사랑이 뭔지 알게 된다며, 마치 자신이 사랑에 대해 잘 아는 양 아이들에게 허울뿐인 관록을 내보인다.

어른이 되면 비로소 사랑을 알게 될까?

글쎄, 나도 어른이라곤 하지만 사랑이 무엇인지를 면밀하게 설명할 자신이 없고, 오히려 나는 아이들의 어린 사랑이 더 고귀하고 아름답다고 생각하는 쪽에 가깝다. 아이들은 사랑을 줄자로 가늠하지 않는다. 그저 온전히 상대의 모습을 좋아할 뿐이다. 구태여 이유를 찾지 않아도 되는, 조건이 필요 없는 순수한 사랑의 결정체로.

나이가 들수록 점차 순수성이 몸 밖으로 밀려나고, 비운 자리는 현실적인 요소들이 달려 들어와 꿰차는 걸 느낀다. 빠져나간 순수성을 보충해줄 무언가가 절실히 필요하다. 이를테면 포도당 수액 같은.

그런 의미로 오늘은 모처럼 주말이고 하니 로맨스 영화를 한
편 볼까 한다. 즐겨 찾는 영화 블로거를 통해 알게 된 영화인
데, 줄거리를 대강 살펴보니 소년소녀의 풋풋한 사랑을 그린
영화인 듯하다. 지금 상황에 딱 알맞은 영화라는 생각에 망설
임 없이 결제 버튼을 눌렀고, 이제 그 영화 속으로 들어가 보
려 한다. 마침 엊그제 사온 땅콩과자가 있다. 저지방 우유를
꺼내 함께 먹어야겠다.

아, 그전에 먼저 주머니에 든 이 낡은 줄자부터 서랍에 넣어두
고 와야겠다.

이별
후유증

이별이란 게 접촉사고 같은 거더군요. 사고가 발생한 직후엔 잘 모르다가도 시간이 지날수록 점차 후유증이 밀려오는 것. 아프지 않던 곳들이 하나둘 아려오는 것. 그러다 어느 날, 불쑥 주저앉고야 마는 것.

이별 직후 여느 날과 다름없는 일과를 보냈습니다. 똑같은 시간에 눈을 뜨고, 제 시간에 밥을 먹고, 주어진 하루의 일들을 별 탈 없이 처리하며, 평소와 같은 시간에 잠이 들었죠. 나름 괜찮구나, 했습니다.

그런데 이별의 공허는 어느 날 갑자기 노크 없이 문을 열고 들어오더군요. 훅 밀고 들어와선 방안을 헤집더군요. 나는 별다른 저항을 하지 못한 채 그저 엉망이 된 방 한구석에 웅크리고 있었죠. 외로움은 혼자가 된 순간에 바로 찾아오는 게 아니라, 혼자라는 사실을 스스로가 인지하고 인정할 때 그때 비로소 찾아오는 거더군요.

익숙한 문자 소리가 더는 들려오지 않을 때, 켜진 휴대폰 화면을 멍하니 바라볼 때, 텅 빈 사진첩을 마주할 때, 손잡고 걸어가는 연인을 바라볼 때, 주변사람들이 그 사람의 안부를 물을 때, 주말에 외출할 필요가 없어졌을 때, 굿모닝 굿나잇 인사가 생략될 때, 혼자만의 헛헛한 순간들이 자꾸만 밀려드는, 그럴 때….

사랑에 유효기간이 있냐며 누군가 물어온다면, 나는 망설임 없이 '있다'라고 답하겠다. 절대적인 기준이 없을 뿐, 사랑에는 분명 저마다의 유효기간이 존재한다. 그렇지만 사랑을 할 때는 그 초점을 유효기간 유무에 둘 것이 아니라, 유효기간을 어떤 식으로 연장해 갈 건지에 중점을 두어야 한다.

나의 오랜 지인 K는 과거 자신의 연애기간이 2년이라고 말한 적이 있다. 실제로 K는 마치 자신의 발언을 지키기라도 하듯 결코 2년 넘는 연애를 한 적이 없었고, 5번의 연애 끝에(적어도 내가 아는 바로는) 만난 사람과 결국 결혼에 골인했는데, 다행히 3년이 다 되어가는 지금까지 결혼생활을 무탈하게 잘 이어가고 있다.

나는 K처럼 스스로의 연애 유효기간을 측정해보지 않았지만, 처음 느낀 설렘과 풋풋함이 사라지기까지 분명 그리 길지 않은 시간이 걸렸던 것 같다. 왕성하게 수런거리던 혈액과 세포는 시간의 속도처럼 빠르게 잠잠해졌고, 그 활동량 또한 큰 폭으로 줄어들었다.

사랑의 설렘은 일종의 마약과 같다. 이 마약에 중독되면 한시도 몸을 주체할 수 없고, 들뜬 기분이 모세혈관 곳곳을 찌르며 수시로 알 수 없는 쾌감을 건넨다. 그래서 이 마약에 중독된 사람은 연애를 진득하게 이어가지 못한다. 연애가 무르익는 시점부터는 마약의 기쁨이 예전만큼 찾아오지 않기 때문이다.

또 다른 지인이자 전 직장동료 J의 이야기를 해보자면, 그 또한 전형적인 설렘 중독자였는데, 흔히 '썸'이라 불리는 미묘한 감정단계에 줄곧 머물며 한 사람과의 진득한 연애를 이어가지 못했다.

인스턴트 러브(Instant Love). 풀이 그대로 '짧은 순간의 사랑'을 뜻하는 말. 모든 것이 빠르게 흐르고 바뀌는 세상이라지만, 나는 사랑만큼은 인스턴트 방식이 되지 않았으면 한다. 사랑은 잠시 서서 급하게 먹는 패스트푸드가 아닌, 탁자에 앉아 천천히 식기를 드는 정찬이어야 하지 않을까. 서로가 내어놓은 음식을 조금씩 베어 먹고 음미하며 온기 묻은 대화를 나누는 것, 또는 누군가가 내어놓은 음식을 나란히 앉아 함께 먹으며 서로의 입가에 묻은 음식을 닦아주는 것, 그런 게 바로 참된 사랑의 모습일 테니까.

한 송이
그림자

이른 약속 시간의 한적한 벤치
나는 가까운 시기에 들이닥칠 꽃을 기다리며
들뜬 책장을 한 장씩 넘긴다

한 페이지를 넘기며 방긋
두 페이지를 넘기며 기웃

종이에 잔뜩 묻은 설렘은 바람을 타고 날리고
괜스레 나는 그 냄새에 싱긋 웃으며 책등에 코를 댄다

햇살이 활자를 그을릴 즈음엔 내 앞에 서겠지
한 송이 그림자가

아마 고개를 쳐들지 않아도 알 것이다
눈앞의 그림자는 분명 꽃모양을 하고 있을 테니까

인연은 여러 겹의
우연에서

새마을호 1호차 37호석. 울산 교보문고에서 '독자와의 만남'
을 끝내고 끊은 열차표. 놀랍게도 아침에 부여받았던 좌석과
동일한 번호였다. 한날에 같은 좌석을 두 번이나 받을 확률은
얼마나 될까? 그리 흔한 일은 아닐 것이다. 나는 연이어 같은
좌석에 배정된 사실에 감탄하며 티켓을 휴대폰 사진으로 슬
쩍 남겨놓았다.

우연이라는 건 매번 예상치 못한 뜻밖의 순간에 찾아온다. 의
도하지 않은 행운과 만남. 우린 그걸 우연이라 부르고 그 우연

속 사람을 인연이라 부르는데, 인연은 대개 겹쳐오는 우연의 연속에서 만들어진다. 오늘의 예를 들자면, 만일 매표소로 가기 전 화장실에 가지 않았다면, 앞에 서있던 사람이 갑작스레 자리를 양보하지 않았다면, 일정이 예정보다 길어졌다면, 과연 귀갓길에 받은 열차표가 1호차 37호석이었을까?

인연이 만들어지는 과정도 이와 다르지 않을 것이다. 어떠한 사소한 선택으로, 찰나의 움직임으로, 우린 인연으로 만난다. 물론 그런 우연은 의미를 어떻게 부여하느냐에 따라 조금 다르게 해석되기도 한다. 나는 분명 상대를 '인연'이라 생각했는데, 상대는 나를 번번이 재수 없게 마주치는 '악연'이라 생각할지도 모르는 일이니 말이다. 그렇기에 인연은 결국 서로가 서로에게 호감을 가져야만 성립되는 관계라 볼 수 있겠다. 한 사람이라도 다른 마음이라면 그 관계는 더 이상 인연일 수 없으니.

그런 의미로 볼 때 아마 당신과 나는 인연이 아니었을까.
우린 어찌되었든 인연을 넘어 '연인'이 되었으니.

주는
마음

어떤 선물은 받는 마음보다 주는 마음의 행복 총량이 더 큽니다. 받는 마음의 행복한 표정을 미리 상상해보는 기회를 갖기 때문이죠. 들썩인 어깨, 휘둥그레진 눈동자, 올라간 입꼬리, 드러난 치아 등등….

주는 마음은 종종 이렇게 행복을 포장한 채로
받는 마음을 기다립니다.

보통 주는 마음은 선물을 건넬 때면 그 위에 포장지를 덧댑니다. 행복에 설렘을 더하기 위함이죠. 하지만 한편으로는 포장지의 운명이 다소 야속합니다. 찰나에 쓰임 뒤에 곧바로 버려질 운명이니까요.

'포장'은 일종의 누에고치와 같습니다. 그저 한 마리 예쁜 나비를 만나기 위한 과정에 지나지 않죠. 그러나 짧게 버려질 운명이라 해서 결코 무의미한 것은 아닙니다.

포장이 열리는 순간 그 안에 있던 나비는 반드시 훨훨 날아 비상할 테니까요. 나비는 어여쁜 모습으로 내려앉을 겁니다. 받는 마음의 손 위에, 어깨에, 눈가에 그리고 입가에.

이제 조금 있으면 당신이 올 시간입니다.

지금은 먼저 도착한 약속 장소에서, 준비한 선물을 발밑에 감춘 채 하염없이 창밖을 내다보고 있습니다.
곧 있으면 찾아올 행복한 상황을 기다리면서요. 소매를 끌어올리고는 괜스레 손목시계를 확인합니다. 왠지 오늘 저녁 초침은 유난히 천천히 움직이는 듯합니다.

지난 사랑은
가벼워야 하나요?

"아, 걔는 그냥 잠깐 만났던 애야."

이런 말을 들을 때면, 나도 언젠가 잠깐 만났던 걔가 되지 않을까 하는 생각이 들곤 한다. 지난 사랑을 부정하는 사람들이 꽤 많지만 나는 지난 사랑에 임했던 내 마음을 부정하고 싶지 않다. 그때는 온전히 한 사람만을 사랑했기에, 그때의 마음을 얕잡지 않으려 한다. 미련이 남은 건 아니다. 그저 지난 사랑은 그때의 색채로 남겨두고 싶은 것일 뿐. 그때 그 사람과 그때의 나. 그때의 웃음과 그때의 슬픔으로.

사랑을 말할 때
우린

4월 9일 자정이 조금 지난 시간. 그럼 우리 이제 사귀는 겁니다, 라는 문장을 어색하게 꺼내든 그날. 처음엔 서로가 서로에게 사랑이라는 말을 꺼내드는 걸 민망해했죠. 그 말의 무게 때문이었는지, 아니면 쑥스러움 때문이었는지는 몰라도 우린 서로에게 그 말을 하기까지 꽤 오랜 시간이 필요했습니다. 참, 그러고 보니 서로에게 말을 놓는 데에도 그 정도의 시간이 필요했네요. '잘 자요'가 '잘 자'가 되고, 감정을 대신하던 쑥스러운 이모티콘들이 결국에는 호기로운 사랑 문장에 결속되고 표현되기까지.

사실 가끔씩은 길을 지나다, 모니터 화면이나 창문 밖을 보다가, 혹은 우연히 마주친 사람을 바라보다, 무의식적으로 '저 사람 예쁘네, 저 사람 멋있네' 하는 생각이 들 때가 있습니다. 모든 이성이 돌로 보인다는 말은 착한 거짓말이었죠.

그렇지만 단연코 확실한 건, 그 사람들에게 결코 사랑의 감정을 느끼진 않는다는 거예요. 멋지고 예쁜 사람은 세상에 여전히 많지만 그럼에도 그들에게 사랑의 감정을 느끼지 못하는 이유. 그럴 수 없는 이유. 그건 아마도 이미 당신이라는 사람을 사랑해버렸기 때문일 겁니다.

심장은 조그마한 데다 단 하나뿐이라, 누군가 들어와 그 자리를 한 번 꿰차고 나면 어지간해서는 자리의 주인이 바뀌지 않지요. 날아온 화살이 쑥 몸에 들어와 박히는 것. 체온과 체온이 혈관으로 이어져 각인되는 것. 망막 위에 사람 하나가 덧대지는 것. 두 사람만이 겨우 오를 수 있는 좁디좁은 언덕. 오로지 두 사람만이 나눌 수 있는 교감. 그게 우리가 나누고 있는 사랑이라는 값진 감정일 겁니다.

첫사랑은 사람이 아니라
시절이다

"나 좋아해줘서 고마워."
"나도 널 좋아했던 그 시절의 내가 좋아."
_영화 〈그 시절, 우리가 좋아했던 소녀〉(2012) 중에서

〈건축학 개론〉, 〈김종욱 찾기〉, 〈너의 결혼식〉, 〈플립〉, 〈노트북〉, 〈클래식〉, 〈베스트 오브 미〉, 〈그 시절, 우리가 좋아했던 소녀〉 등…. 첫사랑을 소재로 한 영화들은 하나같이 아련하고 소중했던 지난날을 회상하게 만드는데, 엉뚱하고 숫기 없는 주인공의 모습이 지난 내 모습 같기도 하고, 영화의 조연 캐릭터들은 마치 그 시절을 함께한 친구 모습 같기도 해서 괜히 반가운 마음이 든다.

주변 사람의 첫사랑 얘기를 듣는 기회가 생길 때도 마찬가지였다. 남의 연애사에 큰 관심이 없는지라 '누가 이랬고 누가 저랬네' 하는 얘기에 흥미가 없는 편이지만, 이상스레 첫사랑 얘기만큼은 귀가 쫑긋 세워지곤 했다. 신파가 난무하는 막장 드라마나 불안 요소가 가득한 사건 이야기가 아니라서 그럴까. 첫사랑을 말하는 사람의 눈에는 항상 우수가 차고, 듣는 사람의 눈에는 호기심이 어린다. 마치 타임머신을 타고 과거를 유랑하듯 그 자리에 있는 모두가 그 시절 그 때로 돌아가는 것이다.

우리가 첫사랑을 오랫동안 간직하고 기억하는 이유는 무엇일까. 혹 그 시절의 추억을 지키고 싶은 마음 때문은 아닐까. 첫사랑이 안겨주는 아련함은 어쩌면 사람이 아니라 시절인지도

모르겠다. 그때의 사랑이나 사람보다 그때의 교실이, 그때의 담벼락이, 그때의 해변이, 그때의 가로수길이, 그리고 그때의 내가 그립고 아련할 때가 더 많으니까.

영화 〈김종욱 찾기〉에서 주인공 서지우(임수정 분)는 자신의 첫사랑을 여전히 잊지 못하지만, 막상 그 대상을 찾는 것은 꺼려하는 눈치였다. 그때의 소중한 시절을 얼룩지게 하기가 싫어서였다. 열렬히 좋아했던 사람이 과거의 모습과 다를 때, 그리고 상대의 추억 속에 살고 있는 내 모습이 지금의 나와 다를 때, 한 사람의 향긋한 추억은 그 순간 향기를 잃게 될 테니까. 그런 면에서 볼 때 극 중 한기준(공유 분)이 진행한 '첫사랑 찾기' 사업은, 사람은 찾아주되 추억은 잃게 만드는 위험천만한 사업이었는지도 모르겠다. 그 어떤 누군가의 말처럼, 첫사랑은 추억으로 남을 때 가장 아름답게 빛나는 법이니…

'그 사람 지금은 어디서 무얼 하며 지낼까?'
옛 편지, 오래전 싸이월드 흔적을 뒤적거리다 SNS에 괜히 지난 연인의 이름을 검색해본 적이 있다. 흔한 성이었던 연인의 이름 탓에 행적을 찾지 못했고, 결국은 수확 없이 같은 이름을 가진 낯선 이의 근황들만 잔뜩 구경하고는 했다. 나와는 관련 없지만 누군가에게는 애잔한 첫사랑이었을지도 모를 사람들의 계정에서 말이다.

"우리는 모두 누군가의 첫사랑이었다."
영화 〈건축학 개론〉 하면 곧바로 떠오르는 대사. 절친한 친구

너석의 말처럼 〈건축학 개론〉은 우리에게 큰 감명을 안겨주진 못했지만 그럼에도 두 가지, 수지와 저 대사만큼은 마음 깊숙한 곳 어딘가를 두드렸다. 〈건축학 개론〉을 보면서 문득 '나도 누군가의 첫사랑이었을까?' 하는 궁금증이 스멀스멀 피어오르곤 했는데, 이어서 몇 편의 첫사랑 영화를 추가적으로 감상한 후로는 이와 같은 바람이 마음에 자리했다.

만약 내가 누군가의 첫사랑이라면, 나를 좋아해주었던 그 고마운 사람이 앞으로 평생 나를 찾지 못하면 좋겠다. 그럼 적어도 그 사람은 오랫동안 나를 추억하고, 그때 그 시절을 그리며, 한 평생 설렘으로 살아갈 수 있을 테니.

무뚝뚝한 남자의
연애편지

목석같은 사람일지라도 사랑에 매료되면 온갖 간지러운 언어를 토해낸다. 옆에서 보고 있으면 정말 장관이다. 일전에 지인의 연애편지를 봐준 적이 있었다. 글재주가 없는 지인의 간곡한 부탁이라 어쩔 수 없이 내용을 검토하게 됐는데, 사실 그때 나는 편지를 읽다가 혀를 내두르지 않을 수 없었다.

정말 내가 알고 있는 사람이 맞나 싶을 정도로 표현이 풍부했고, 맞춤법 몇 개를 제외하곤 크게 손댈 부분이 없었기 때문이다. 몇몇 표현들은 한없이 손발을 오그라들게 만들었지만, 고민 끝에 적어낸 그 표현들을 내 식대로 바꾸진 않았다. 글은 표현보다 마음이 우선되어야 하는 법이니까.

아 물론, 나 또한 그와 같은 연애편지를 줄곧 써왔음을 부인하지 않겠다. 내가 써온 연애편지들 역시 청양고추 없이는 음미하기 힘든 오글거림 투성이었으니까….

문득 연애 리얼리티 프로그램 〈하트 시그널2〉를 애청했을 때가 생각난다. 이 프로그램은 한동안 나를 미치게 만든 신비한 프로였다. 영주가 규빈이를 선택하든, 현우를 선택하든 그게 나와 무슨 상관이 있기에 그토록 나는 마음 졸여가며 리모컨을 부여잡았던 걸까? 왜 김도균은 나와 같은 남자인데 그의 행동에 설렌 걸까? 참으로 알 수 없는 일이다.

이처럼 사랑은 우리를 한없이 이상하게 만드는 바이러스이지만, 많은 사람들이 여전히 이 속에 살고 있고 나 또한 가능하면 이곳에 오랫동안 머물고 싶다. 계속 헤엄쳐 다니고 싶다. 헤엄치는 모습이 조금 우스꽝스럽더라도, 남들이 비웃을지라도, 난 가능한 한 이곳에 잔존할 생각이다. 한결같이 바보 같은 게 사랑이지만 그래도 바보처럼 웃게 만드는 것도 사랑이니까.

사람보다 상황,
사랑은 타이밍

당신의 사랑이 어긋나는 건 당신 때문이 아니라, 상황에 맞는 사람이 나타나지 않았기 때문 아닐까요. 때때로 사랑은 내가 어떤 사람인가보다 어떤 상황에 놓였느냐에 따라 그 척도가 갈리니까요. 사람들은 그걸 '타이밍'(timing)이라고 하더군요.

철저히 1인분이 되었을 때, 우연한 장소에서의 만남으로, 때마침 각자 서로에게 필요한 퍼즐 조각을 가지고 있을 때, 퍼즐 판을 들고 테이블로 향할 여유가 있을 때, 비로소 두 사람은 서로의 빈 공간을 공유하고 채우면서 연인이 됩니다.

그러니 실망하거나 책망하지 말아요. 당신의 사랑은 만날 수 없는 게 아니라, 아직 만나지 못한 것뿐입니다. 당신의 퍼즐 판에 필요한 퍼즐 조각을, 당신의 퍼즐을 필요로 하는 또 다른 퍼즐 판을.

만춘晚春

늦은 봄의 다른 이름 '만춘'(晩春). 음력 3월, 달력에는 4월로 표기된다. 차가운 공기에 바짝 몸을 움츠렸던 만물이 너도나도 기지개를 활짝 펴는 시기이자, 곧 끝날 공연을 화려하게 장식하기 위해 모두가 무대 앞으로 뛰쳐나오는 봄의 종연(終演).

붉은 계열의 옷과 함께 빨래를 돌리다 분홍빛 유색이 번져버린 흰색 셔츠처럼, 봄의 마지막 무대는 연홍색 물감으로 물들고 무대의 커튼콜까지 끝나면 단비가 찾아와 물감들을 씻어낸다.

나는 '따뜻하다'라는 표현을 좋아하는데, 늦봄은 그 표현이 참으로 잘 어울리는 온도를 내뿜는다. 손이 델 만큼 뜨겁지 않고 눈이 시릴 만큼 차갑지 않으며, 숨을 턱 막히게 하거나 귓바퀴를 얼얼하게 만들지 않는다. 나는 그런 늦봄의 체온이 좋아서, 늦봄 냄새가 나는 사람이 되고 싶다.

나의 성 '천'에, 늦봄의 이름 '만춘'을 붙여 천만춘(千晩春)⋯ 아니다. 그냥 이름은 지금의 이름을 쓰는 것이 좋겠다.

사람과 사람을
잇는 못

"형, 그 정도라면 형이 먼저 말을 꺼내야 하지 않겠어?"

오랜 시간 친한 형의 고민을 들어주다 답답한 숨을 길게 늘어
뜨렸다.

"그게 맞는 거겠지…" 형은 쓸쓸하게 웃더니 빈 맥주잔을 들
어보였다. 점원은 우리에게 다가와 맥주를 더 하겠냐고 물었
고, 나 또한 남은 맥주를 비우고서는 잔 두 개를 점원에게 내
밀었다.

샷 뽑아 나온 새 맥주는 뽀얀 거품을 머리에 인 채 모습을 드러냈고, 우리는 침묵의 입자를 비집고 억지로 '짠' 소리를 내며 잔을 부딪쳤다.

오랜 연애를 해온 형은 이젠 서로가 서로에게 아무런 감정이 없다며, 관계가 계속 곪아가고 있다며 토로했다. 누가 먼저 헤어짐을 통보해도 이상하지 않다는 걸 서로가 분명히 알고 있지만, 관계를 잘라낼 칼자루를 서로에게 미루고 있다는 것이었다.

뱉어야 하지만 뱉지 못하는 그 말, 그래서 삼키고 또 삼킬 수밖에 없는 말. '이별'이라는 무거운 추였다.

자정을 앞둘 무렵 장소를 옮겨, 소주까지 거하게 마신 형은 자신도 모르게 내뱉는 추임새처럼 대화 도중 그녀와의 추억을 반복적으로 회자했다.
"처음 만난 곳이 여기 그 근처야. 그땐 진짜 예뻤거든, 얼굴에 잡티 하나 없었다니까. 아, 진짜로!"

어렴할까. 이럴 땐 나도 확 같이 취해버리면 좋으련만, 사정상 과음할 수가 없었던 내 상황이 괜히 원망스러웠다. 아무튼, 그 날 형은 끝내 미끄러지듯 택시 뒤 칸에 올라탔고, 오늘 즐거웠다는 말을 창밖으로 던진 채 시야에서 멀어졌다.

형은 자신의 관계가 조각난 나무처럼 딱딱하다고 말했다. 형의 말을 들으며 문득 든 생각은, 만약 사람과 사람이 조각조각 나있는 나무와 같다면 그 나무를 붙이고 이어놓는 것은 추억이라는 '피스못'이라는 거였다. 첫 만남에선 서로가 그저 나무 한 조각일 뿐이지만, 나무가 붙고 난 후로는, 헤어지는 순간이 올 때에는, 나무 조각뿐 아니라 나무 조각 사이사이에 붙어 있는 수많은 못 또한 함께 떼버려야 비로소 둘을 갈라놓을 수 있다는 것. 그렇기에 쉽게 떼어낼 수 없다는 것….

어쩌면 형은 그러한 이유에서 이별을 망설이고 있는 게 아닐까. 오랜 관계를 끝내기 위해선 반드시 먼저, 상처투성이가 될 준비를 해야만 하니까.

꽃이 지고 나서야
봄인 줄 알았습니다

사소한 기념일 하나 놓치는 일 없이 챙겨주던 사람, 함께 먹던 디저트가 하나 남을 때면 자신은 이미 배가 부르다며 내게 건네던 사람, 넉넉지 않은 월급에도 매번 맛있는 걸 사주려 했던 사람, 영화관 쿠폰은 내가 더 많다며 영화 예매를 도맡던 사람, 사진은 잘 못 찍어도 엉덩이를 바닥에 대면서까지 열정을 다하던 사람, 자신은 여전히 아날로그 감성이라며 편지를 좋아하던 사람.

꽃이 지고 나서야 봄이었음을 알았습니다. 조금 더 일찍 알았다면 좋았으련만, 되돌릴 수 없는 시간을 그저 붙잡기라도 하자며, 결말을 모르던 지난 시간 속을 다시 거닙니다. 해묵은 추억의 먼지를 하나둘 걷어내며.

PART 2

한낮에 뜬 달

초록빛
사람

카페 창가를 널찍이 비추던 햇살의 농도가 어느새 옅어진 저녁 시간. 나는 자주 오는 카페 창가자리에 엉덩이를 대고 있다. 어떤 카페를 가더라도 웬만하면 창가자리를 골라 앉는 편인데, 창가에 앉기를 좋아하는 건 거리의 빛들을 관찰할 수 있다는 이유 때문이다.

형형색색의 간판, 제각기 다른 자동차 전조등, 자전거 손전등, 그리고 사람들이 손에 쥔 스마트폰….

지금 내 앞으로 비치는 이 불빛들은 어딜 향해 가는 걸까. 건너편 밀면집 사장님이 마감하는 모습이 보인다. 오늘 매출이 썩 괜찮았는지 사장님의 움직임은 한없이 분주하기만 하다. 버스를 놓칠세라 휴대폰을 쥐고서 전력질주하는 학생의 땀방울이 카페 창가 너머로 맺히고, 소란한 거리의 빛은 밤이 무르익는 속도에 맞춰 고요해진다.

달이 이미 차오를 대로 차오른 저녁 8시, 횡단보도 너머로 희미하게나마 익숙한 사람의 형상이 보인다. 빨간 신호등 아래 유독 눈에 띄는 한 사람. 그 사람이 휴대폰을 만지작대니 테이블에 올려둔 내 휴대폰이 부르르 몸을 떤다. 아마 '어디 있어?'라는 내용을 보냈을 것이다. 도로를 지나오면 곧 나를 발견하게 될 테니 이 메시지는 지금 열어보지 않으련다. '어?' 하며 만나면 왜 괜히 더 반갑지 않은가.

마침 신호등 색깔이 바뀌었다. 한 발짝 한 발짝 가까워진다. 살짝 눈이 부시는 초록빛 사람.

사랑은 그저
사랑이라서

생각해보면 우린 참 많이 다릅니다. 예쁜 카페를 좋아하는 나와는 달리 커피 맛을 중요하게 여기는 당신, 글자가 많은 책을 좋아하는 나와 그림이 많은 만화를 좋아하는 당신, 야외활동을 즐기는 나와 실내활동을 선호하는 당신, 또 인디음악을 좋아하는 나와 대중음악을 더 좋아하는 당신.

우린 그저 사랑인 거겠죠. 때때로 사랑은 그저 사랑이라는 이유만으로 이어가기에 충분합니다. 공통점이 많든 차이점이 많든 상관없이, 사랑은 다른 옷을 입고도 같은 얼굴을 만들고, 한 공간에 함께 앉아 각자가 좋아하는 음식을 나눠 먹는 거니까요.

어쩌면 그게 사랑의 본질인지 모릅니다.

가랑비에
젖은 마음

"가랑비에 속옷 젖는다는 말이 있다.
그것은 참으로 오는 듯 오지 않은 듯 대지를 적셔주기에
흔히들 아무런 대책을 세우지 않았다가 낭패를 보곤 한다.
사랑도 그런 것 같다. 자신도 모르게 다가와 어느 순간 눈을 떠보면
이미 마음마저 흥건히 젖어 돌이킬 수 없는 지경에 이르고 만다."

_《아직 피어 있습니까, 그 기억》(이정하) 중에서

이정하 시인은 말했다. 사랑은 가랑비처럼 스며드는 것이라고. 그의 말처럼 첫눈에 반한 사랑이든, 익숙함에서 자라난 사랑이든, 사랑은 가랑비처럼 소리 없이 마음을 적신다. 그 이유로 나는 한때 미친 사람처럼 빗방울을 가로지르며 훨훨 뛰어다녔고, 또 어떤 날은 비 맞은 생쥐마냥 젖은 머리칼을 축 늘어뜨리고는 터덜터덜 거리를 배회했다.

누군가를 좋아하는 일은 꼭 즐거운 일인 것만은 아니다. 오히려 사랑을 알게 되어서, 사랑하게 되어서 고통스러운 순간들이 꽤 많다. 사랑이 쌍방향이 아닌 순간들도 적지 않으니까.

나는 꽤 오랜 시간 동안 불쑥 내리는 사랑비를 맞지 않으려 우산을 가지고 다녔다. 몇 번의 비를 맞고 난 후로 감정에 대한 두려움이 생겼기 때문이다. 그런 모습이 옆에서 지켜보기 안쓰러웠는지 무턱대고 소개를 시켜주겠노라며 모르는 이성의 연락처를 알려주는 친구도 있었다.

하지만 받은 번호로 연락하는 일은 한 번도 없었고, 그런 내 모습에 주변 친구들은 혀를 내두르곤 했다. 어떤 날은 설교쟁이 친구 녀석이 대뜸 나에게 와서는 마뜩잖은 표정으로 장엄한 조언을 늘어놓았는데, 그 말은 이와 흡사했다.

정수기 앞에 서 있는다고 물은 절대 나오지 않는다고
물은 컵으로 직접 정수대를 밀어야 나오는 법이라고….

나는 소개팅처럼 목적의식이 분명한 만남을 꺼리는 편이다. 그러한 자리는 대개 정해진 시간 안에 반드시 Yes/No를 택해야 하며, 때론 만난 지 몇 시간도 지나지 않아 결론을 지어야 하는 상황이 오기도 한다. 개인적으로는 득보다 오히려 실. 내게는 감정 낭비가 더 많은 자리였다.

어쩌면 나는 비 내리는 거리에서 우산을 펼쳐놓고, 나와 같은 우산을 쓴 사람을 우연에 기대어 만나려 한 건지 모르겠다. 사랑은 두렵지만 그래도 사랑이 하고 싶어, 우산으로 몸을 가린 채 밖으로 반 발자국 걸어나온 어떤 사람을.

여행은 설레고
당신도 그러합니다

예전에 다니던 회사가 40계단* 부근에 있었습니다. 점심시간
이면 종종 그 앞을 지나가곤 했는데, 그때마다 계단 앞을 빼곡
히 채운 관광객들을 보고는 했죠. 저의 일상에선 한없이 평범
하고 무난한 계단일 뿐인데, 관광객들에겐 여행의 요소가 된
다는 게 그저 신기할 따름이었습니다.

그런 점에서 보면 지금 머물고 있는 이곳, 제주 사람들도 같은
생각을 할지도 모르겠습니다. 그저 며칠 머물다가는 관광객
의 눈엔 대부분의 것들이 낯설이지만, 여기서 살아가는 이들
에겐 한없이 평범한 일상일 테니까요. 여행이라는 건 어쩌면
구조물이 아닌 마음으로부터 비롯되어 투영되는 게 아닐까
싶어요. 마음에 따라서 언제든 일상은 여행으로 변모될 수 있
는 거니까요.

참, 그러고 보니 사랑도 그랬던 것 같아요. 당신을 알고 난 후
로 떨어진 풀잎이 달리 보이고, 늘 걷던 길이 새롭게 나열되
고, 지루한 버스의 시간이 짧아지고, 밋밋한 보통 날이 특별
한 수요일이 되었죠.

여행과 사랑에는 공통점이 많아요. 여행작가 최갑수 님은 자
신의 책 제목을 '우리는 사랑 아니면 여행이겠지'로 정하기도
했죠. 이 책의 제목처럼 우리를 설레게 하고 낯설게 만드는 것
들은 이 두 가지에 모두 함축돼 있는 것 같습니다. 향긋한 바
람 냄새가 나는 '여행'과 '사랑'이라는 이름에 말이에요.

여행과 사랑의 궁극적 목적은 아마도 오늘이라는 하루를 행복하게 보내기 위함이겠죠. 여행과 사랑에는 예상치 못한 고난이 종종 찾아오지만 지나고 나면 그 고난마저 추억이 되기에, 사랑과 여행을 찾는 이들의 발길은 여전히 끊이지 않는 것 같습니다.

사실 전 이 얘기를, 함께 여행하던 친구와 렌터카 안에서 나누었는데, 친구는 여행과 사랑은 한곳에 오래 머물면 감흥이 떨어진다는 공통점도 있다며 말하더군요. 결코 틀린 말은 아닐 거예요. 여행이든 사랑이든 한곳에 오래 머물면 처음 느낀 설렘이 점차 익숙함으로 물들고, 나중엔 밋밋해져 다른 멋진 곳을 가고 싶은 충동이 생겨나죠.

그런데 오래 머무르는 것에 장점도 있다고 봐요. 한때 유럽을 여행했을 때 저는 꽤 많은 시간을 '낭시'라는 프랑스 소도시에서 보냈죠. 유럽여행은 여러 나라와 지역을 오가는 것이 정석이라지만 전 이상하게 한곳에 지긋이 머무는 게 좋더라고요. 그래서 같은 숙소에서 꼬박 일곱 밤을 연박했죠. 딱히 별다르게 한 것도 없었어요. 그저 숙소 창가 너머로 보이는 풍경을 바라보며 눈의 즐거움보단 마음의 평온에 집중했을 뿐.

특정 여행지에 오래 머문다는 건 그곳의 낮과 밤, 심지어 새벽까지 모두 볼 수 있다는 얘기가 됩니다. 풍경은 매일이 같은 듯하면서도 조금씩 다른 모습을 선보이죠.

사랑도 마찬가지여서 오래 이어갈수록 여러 면을 발견하고
관찰할 수 있을 겁니다. 사랑과 여행은 양파 같아요. 좀처럼
끝이 보이지 않죠.

그러니 여행은 언제나 설레고,
여행을 닮은 당신 또한 그러합니다.

40계단: 부산 중구에 위치한 문화명소. 한국전쟁 피난민들의 애환이 깃든 역사의
현장으로 그때 그 시절에 대한 향수를 일깨워 주는 곳. 영화 〈인정사정 볼 것 없다〉
(1999)에 등장해 많은 이들에게 알려졌다.

점과 점은
선으로 이어진다

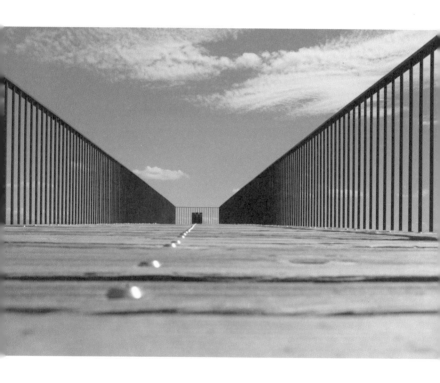

제주에서 꽤 유명하다는 식당을 찾아가니 그 앞으로 황금빛 물결이 일렁이는 너른 바다가 펼쳐지더군요. 마치 장내를 휴대폰 불빛으로 가득 채운 공연장 관객석처럼 이름 모를 바다는 뽀얀 살결을 내비치며 조용히 넘실댔습니다.

바다의 이름은 알 수 없었으나 바다의 성질은 당신처럼 무던했고, 식사를 마치고는 그 투명한 바닷물에 낚싯대를 담근 낚시꾼들 틈에서 사진 한 장을 엉거주춤 남겼습니다.

여행을 하다보면 가끔 뜻하지 않은 갓길에서 멋진 풍경을 만날 때가 더러 있습니다. 그저 점 찍어놓은 곳으로 가던 길일 뿐인데, 오히려 점과 점 사이를 이어놓은 그 선에서 더 큰 의미를 얻곤 하죠.

당신과 나의 만남도 그러했습니다. 우연히 서로의 위성 궤도가 맞물린 덕분에 우리는 목적지로 가던 길목 어딘가에서 만날 수 있었죠. 경유지도 아닌, 그저 정말 지나갈 뿐인 특징 없는 길 위에서 말이에요.

사람은 특정한 점과 점 위에서 많이 만나지만, 때로는 당신과 나처럼 점과 점 사이를 이어놓은 선 위에서 맞닥뜨리기도 하는 것 같아요. 우리가 그은 선들은 지금도 누군가가 그어놓은 선에 얽히고설켜 뻗어가고 있으니까요.

서랍에
넣어두세요 ──────

살쪄 보이냐며 묻지 마세요
지금이 좋습니다
한눈에 딱 들어오는 사이즈가 말이에요

입은 옷과 머리가 이상하다며 걱정하지 마세요
당신은 그저 '당신'이라는 이유로 빛납니다
머리색이 어떻든 어떤 옷을 입었든 간에
그 머리와 옷이 좋은 게 아니라
그 머릴 한, 그 옷을 입은, 당신이 좋은 겁니다
그럼 내 어디가 좋냐며 캐묻지도 마세요
어느 한 부분이 좋은 게 아니라
어디 한 부분을 꼽을 이유가 없는 겁니다

그러니 염려는 서랍에 넣어두세요
무엇을 물어도 내가 꺼내들 답은 당신일 테니

우산은 두 갠데
왜 하나만 쓰는 거야

"원래 연애라는 게,

내가 해도 되는 걸 굳이 상대방이 해주는 겁니다."

_드라마 〈태양의 후예〉 유시민(송중기 분) 대사 중에서

연애는 수없는 비효율 입자로 이루어진 것이 분명하다
그렇지 않고서야 우산 하나로 둘이 쓴다거나
밤잠을 설쳐가며 전화통에 볼을 대거나
아이스크림을 떠먹여주는 행위를 해댈 리가 없다

연애는 득보다 실로 가득하다
돈 낭비, 시간 낭비, 감정 낭비
어느 구석 하나 낭비되지 않는 부분이 없다
나는 그걸 진작 알아차렸다
그래, 분명 알고 있었다

근데 왜 난 이 비효율적인 걸 하려는 거지
왜 그 오랜 시간 해오고 있는 거지
이미 수없이 많이 낭비되었다
그리고 앞으로도 계속 낭비될 것이다

그런데도 계속할 거냐는 누군가의 물음에
나는 일초의 망설임도 없이 YES 카드를 꺼내든다

비가 추적추적 내리는 오늘이다
뻔히 비를 두들겨 맞을 걸 알면서도
나와 너는 오늘도 서로의 어깨를 좁힌다
살이 여덟 개뿐인 이 조그만 우산 하나에

사랑니가
사랑니인 이유

1.

군 생활을 하며 사랑니 두 개를 뽑았다. 별 생각 없이 아파서 뽑았는데 지금 생각해보면 용기가 상당했다. 겁도 없이 군의 관에게 치아를 두 개나 맡겼으니 말이다. 다행히도 내가 복무 한 사단의 군의관이 명의였는지 지금까지 별 탈 없이 먹을 거 잘 먹고, 씹을 거 잘 씹으며 건치로 지내고 있다. (치아 x-ray선 상에도 문제는 없다고 한다.)

군의관에게 사랑니가 왜 사랑니냐며 물었던 기억이 난다. 군

의관은 피식 웃으며 이런 뉘앙스로 대답했다. 아, 그 군의관
은 생긴 것과는 다르게 입이 조금 거칠었다.

"사랑니 날 때 졸라 아팠지?"
"아, 예. 조금…"
"연애는 해봤어? 첫 연애 말이야."
"예. 뭐, 비슷하게…"
"헤어질 때 마음이 어땠어? 졸라 아팠지?"
"……"
"그래서 사랑닌 거야. 지난 사랑처럼 졸라 아프거든."

표현이 다소 거세긴 했지만, 그의 비유가 매우 인상적이어서
제대 후에 나는 종종 친구들과의 술자리에서 이 화제를 주섬
주섬 꺼내놓곤 했다. 괜히 이렇게 으스대면서 말이다.
"야, 너네. 사랑니가 왜 사랑닌 줄 아냐?"

2.
또 다른 사랑니를 발치하던 날. 휴일에 찾아간 동네 치과에서
문제의 사랑니를 제거했다. 사람마다 차이가 있겠지만 나는
사랑니를 뽑을 때 큰 통증을 느끼지 못했다. 뽑기 전에는 그렇
게 아프더니 막상 뽑고 나니 별다른 통증이 없었던 것이다. 그
래, 적어도 마취가 풀리기 전까지는 그렇다고 생각했다.

약을 처방받아 집으로 돌아가던 길. 점차 마취가 풀리면서 서
서히 지구의 흔들림이 느껴졌다. 집에 돌아와서는 밥도 거른

채로 새우처럼 등을 말고 누워 끙끙 앓아야 했는데, 생각해보면 후유증이 따를 수밖에 없었다. 이전 사랑니와는 달리 세 번째 사랑니는 가로로 비스듬히 누운 모양새여서, 매복된 이를 뽑아내기 위해 어쩔 수 없이 치아를 잘게 부숴야만 했으니까.

3.
원래 치과에 대한 거부감이 없었는데 그날 이후 치과가 두려워졌다. 극심한 고통을 맛보았기 때문이었다. 사랑도 그랬던 것 같다. 잇몸 깊숙한 곳에 박힌 사랑니처럼 마음 깊숙한 곳에 들어왔던 사랑을 뽑아내는 것은 여간 어려운 일이 아니었다. 어찌어찌 힘들게 뽑아내면 결국 몸살을 앓았고 그 후로는 어쩐지 사랑이 두렵고 조심스러웠다.

군의관은 사랑니가 첫사랑의 아픔과 같다 했지만, 내 생각에 사랑니는 우리가 겪는 사랑의 횟수와 연관 있는 듯하다. 사랑니가 자라는 10대 후반부터 20대 중후반까지 보통 사람들은 서너 번의 연애를 경험하고 그 과정에서 시련과 아픔을 겪는다. 물론 한 번의 연애를 쭉 이어나가는 사람들도 있고 연애를 하지 않은 사람도 있지만, 많은 사람의 평균치를 내어본다면 아마도 그 정도가 아닐까 싶다.

사랑니는 약 7%의 사람에게는 아예 생성되지 않는다고 한다. 이 희소한 수치처럼 첫사랑과 결혼에 골인하는 사람 역시 매우 드물 거라 생각한다. 대부분 많은 이들이 비슷한 위치에 생겨난 사랑에 엇비슷한 아픔과 시련을 겪고, 그 경험들을 훗날 사람들과 나누며 지난 사랑을 회자한다. 마치 사랑니 몇 개를 뽑아내었는지를 열거하는 것처럼.

이별과 시련은 그 순간 이루 형용할 수 없는 고통을 안기지만, 적당한 비를 맞은 토양이 더 좋은 흙이 되는 것처럼 우리네 사랑도 그럴 거라 믿는다. 비를 몇 번 맞아보았기에 비로소 더 비옥해질 수 있는 거라고.

모든 순간은
눈동자로부터

어쩌면 우리는 변해가는 외모보다
더 자주 변하는 내적인 나를 만나는 건지 모르겠다.
_영화 〈뷰티 인사이드〉(2015) 중에서

몸은 한 사람이 살아온 모습을 그대로 반영하여 드러낸다. 체격, 걸음걸이, 제스처, 말투, 표정 등을 통해서 말이다. 그런데 그중에서도 한 사람이 살아온 역사를 온전하게 드러내는 신체부위 하나를 꼽아본다면 단연 '눈'이 아닐까 싶다.

고도의 훈련을 받지 않고서야 눈으로 거짓을 만들어내기란 정말 쉽지 않다. 눈은 내가 타인을 바라보는 창이기 이전에, 타인이 나를 들여다보는 창이니까.

영화 〈뷰티 인사이드〉는 날마다 불규칙하게 외양이 변하는 주인공의 상황을 색달리 표현했다. 영화의 설정상 많은 배우들이 한 캐릭터를 맡아 연기해야 했는데, 영화를 보면서 배역을 맡은 배우들의 눈빛이 모두 비슷하다는 느낌을 받았다. 배우들의 눈빛 연기가 좋은 건지, 아니면 감독의 캐스팅 능력이 좋은 건지는 모르겠지만, 전혀 다른 외양의 배우들인데도 눈빛은 마치 한 사람 같아 보였다.

사람을 많이 상대해본 전문가들은 사람의 눈빛 하나만으로 많은 정보를 얻는다고 한다. 입은 스스로의 선택과 절제가 가능하지만 눈은 무의식적인 단독행위가 많아 파악이 가능하다는 것이었는데, 사람이 변하는 순간에는 가장 먼저 눈빛부터 변한다며 전문가들은 말을 덧붙였다. 눈의 모양새를 바꾸는 건 성형의 영역이지만 눈동자의 모양을 결정하는 건 내면의 몫이니까.

아마 당신을 좋아하는 모든 이유도 그 눈동자 속에 있는 것이 아닐까. 처음 만난 순간부터 지금까지 당신의 눈은 한결같이 내 입가를 밀어 올리고 있으니.

한 줌의
사랑

사랑은 인생이라는 음식에 감칠맛을 더하는 소금일 것이다.
적당량이 가미되면 본연의 맛을 더욱 풍요롭게 만들지만 과
하면 고유의 맛을 잃게 만들고, 반대로 부족하면 밍밍한 맛을
연출하니까. (때로는 강한 짠맛의 사랑을 맛본 이들의 눈가를 한없이
붉게 만들기도 하고)

또 사랑은 달달함을 더해주는 한 줌의 설탕과도 같다.
사랑은 한없이 달콤해서 한번 맛본 이라면 어김없이 다시 이
맛을 찾게 되니까. (때로는 지독한 달콤함에 마비되어 오랜 후유증

을 겪기도 하고)

사랑은 육안으로는 그 사랑이 어떤 것인지 쉽게 구별해낼 수 없다. 사랑이 들어있는 통의 내용물을 파악하기 위해선 반드시 인생이라는 음식에 넣고 맛보아야 알 수 있다. 프라이팬에 가열하고, 데치고, 버무려보면 그제야 그 통의 정체를 알게 된다. 내가 넣은 한 줌의 사랑이 소금이었는지, 아니면 설탕이었는지를.

그런데 재미난 점은 통의 정체가 매번 변한다는 점이다. 어제 넣은 사랑은 분명 설탕이었는데 오늘 들어간 사랑은 소금일지 모르고, 통의 입구가 어제는 양 조절이 가능한 분말 형태였는데 오늘은 뜬금없이 개방형으로 뚫려 있어 양 조절에 실패하기도 한다. 누군가 나 모르게 통을 바꿔 놓은 건지는 모르겠지만, 번번이 당하면서도 교묘한 술수를 쓰는 이를 잡아낼 재간이 없다.

만약 누군가가 내 인생을 몰래 훔쳐보고 있는 거라면, 번번이 몰래 개입하고 있는 것이라면, 부디 감칠맛을 내는 소금과 설탕을 통 안에 넣어주었으면 한다. 눈과 코, 그리고 입을 찌릿하게 만드는 강한 짠맛과 단맛은 이제는 썩 맛보고 싶지 않으니….

도서관
바나나 우유

집 근처 도서관이 있다는 건 큰 이점이다. 몇 해 전 도서관과 가까운 곳으로 거처를 옮긴 나는 출근 도장을 찍듯 도서관을 자주 찾곤 했는데, 보통은 해를 마주하며 언덕길을 올라가 달이 차오를 때 그 길을 내려오곤 했다.

그날도 도서관 책상에 앉아 볼펜을 이리저리 휘두르고 있었다. 조용한 분위기라 공부하기엔 더없이 좋은 시간대. 나와 같은 테이블에 앉아있던 사람은 대각선 맞은편 사내 한 명. 쌓인 책들로 보아 사내는 아무래도 공무원 시험을 준비하는 듯 보였다.

그 날은 텀블러에 커피를 가득 담아온 날이었다. 잘 안 마시던 커피를 아침부터 많이 마신 탓인지, 아니면 전날 먹은 음식 때문이었는지 화장실을 자주 드나들어야만 했던 날이었다. 그렇게 서너 번 화장실을 다녀왔을 즈음이었을까, 테이블 위에 못 보던 바나나 우유가 놓여 있었다.

다소 어중간한 위치에 놓여 있는 바나나 우유 한 병. 맞은편 사내의 것이라 하기엔 내가 앉은 쪽에 가까웠고, 그렇다고 내 것이라 하기엔 그 위치가 애매하다. 혹시 옆자리에 누가 앉으려는 건가. 유일한 목격자라 할 수 있는 맞은편 사내는 그저 묵묵히 볼펜을 돌릴 뿐이다.

그냥 내 할 일을 하기로 했다. 그런데 통통한 노란색 병이 어쩐지 눈앞에 아른거려 자꾸만 신경이 쓰였다. 도통 책에 집중할 수가 없다. 정말 맞은편 사내의 것일까? 그렇다면 왜 우유를 마시지 않는 거지? 누군가 옆자리에 앉으려는 건가? 그렇다면 왜 나타나지 않는 거지? 누군가 내게 남긴 걸까? 아니야, 그렇다면 쪽지 정도는 남겼겠지. 대체 뭘까?

미동하지 않는 바나나 우유 한 병을 옆에 두고서 온갖 물음표를 띄우다가 그렇게 30분쯤 지났을까. 눈앞의 노란색이 무뎌져 갈 즈음, 누군가 뒤에서 등을 톡톡 두들겼다. 돌아보니 다소 앳된 모습의 여학생이 나에게 쪽지 하나를 건네곤 황급히 계단을 내려갔다.

얼떨결에 받은 쪽지 한 장. 순식간에 사라져버린 소녀의 잔상을 멍하니 바라보다 이내 반듯하게 접힌 쪽지를 조심스레 펼쳤다.

「저, 그 우유 그쪽 거예요. 맛있게 드세요. ㅎ」

일순간에 귀가 빨갛게 달아오른 나는 쑥스러움에 한동안 고개를 들지 못하다가, 혹 누가 보지는 않았을까 싶어 주변을 살폈다. 다행히 도서관은 무슨 일이 있었냐는 듯 조용했고, 누구 하나 신경 쓰지 않는 듯했다. 그제야 옅은 숨을 내쉬고 바나나 우유를 조금씩 들이켰다. 그런데 왠지 주목받고 있는 느낌. 놀란 마음으로 황급히 눈을 사선으로 돌려놓았더니

…맞은편 사내가 볼펜을 멈춘 채 나를 쳐다보고 있었다.

부먹

찍먹

직장 선배 H와 중화요리집을 간 날. 각자 음식을 선택한 후에 탕수육 하나를 추가로 시켰고, 잠시 후 주문한 탕수육이 먼저 테이블 위에 놓였다.

"선배, 부먹이에요? 찍먹이에요?"

나는 탕수육 소스 그릇을 들어 보이며 선배에게 물었고, 선배는 내 물음에 탕수육 하나를 포크로 집더니 이렇게 답했다.

"난 그거 고민할 시간에 그냥 하나 더 먹어."

식탐이 많은 선배의 모습을 보면서 문득 들었던 생각은 연애를 잘하는 사람도 그와 비슷하다는 점이었다. 이것저것 고민하며 따지기보다는 되든 안 되든 마음에 드는 상대에게 우선 돌진하고 보는 적극적이고 저돌적인 자세. 때론 그 적극성이 가벼워 보이기도 하고 미련해 보이기도 하지만, 한편으론 연애에 소극적인 나 같은 사람이 한번쯤은 배워봄직한 열정과 태도가 아닐까 싶다. 어찌되었든 연애라는 건 결국 타인에게 손을 내미는 것에서 시작되는 것이니.

덕천동
로맨스

————————

잠깐이 전부가 될 수도 있어요.

_영화 〈좋은 날〉(2014) 김지호(소지섭 분) 대사 중에서

1.

약 다섯 해 전의 봄날, 한 편의 영화 때문에 제주도로 떠났다. 영화로부터 받은 설렘과 두근거림을 직접 관찰하고 대면하고 싶어서였다.

내가 본 영화는 소지섭, 김지원 주연의 로맨스 영화 〈좋은 날〉이었다. 공연 기획자인 소지섭과 출판 편집자인 김지원이 우연히 제주도에서 만나 사랑을 키워간다는 내용을 담은 영화인데, 어떤 면에선 흔하디 흔한 운명론적 영화였지만, 난 이 영화의 색채가 마음에 들었다. 마치 파스텔 물감을 장면 곳곳에 칠해놓은 것 같다고 할까. 이 영화는 그 흔한 키스신 하나 등장하지 않지만, 낯선 땅에서 느끼는 묘한 감정, 다 자란 성인남녀의 순수성, 그리고 사랑으로 다가서는 이들의 조심스러움. 이런 부분들이 적절히 잘 배합되었고, 덕분에 나 같은 관객을 단번에 제주도로 날려 보내기도 했다.

제주도 해안도로를 드라이브하면서 영화 OST를 들었다. 나는 가수 '꽃잠 프로젝트'의 노래에 흠뻑 빠져 영화와 같은 황홀한 사랑에 빠지는 상상에 흠뻑 취해 있었는데, 참 신기한 것이 드라마나 영화를 볼 때면 '에이, 저런 만남이 세상 어디 있을까' 싶다가도 마음은 내심 그런 사랑이 찾아오길 은근슬쩍 바라고 고대한다. 그 증거로 나는 가끔 영화의 여운에서 헤어나오지 못한 채로 생산성 없는 몽상가를 자처한다.

그래서 제주도에서 어떤 특별한 일이 있었냐고? 아니, 아무일도 없었다. 너무. 한없이. 고요 그 자체였다. 영화처럼 소란스럽지 않은 곳을 찾아갔더니 내 여행도 정말 별다른 사건 없이 조용히 흘러갔다. 영화 속 카페와 밤바다, 사려니 숲길을 찾아갔고 그곳에서 연인을 목격했다. 내 옆에 선 연인 말고, 내 앞에 있는 두 사람, 연인들을. 그 날 해는 몹시도 쨍쨍했다. 왠지 해맑게 다가오는 햇살이 얄밉게 느껴졌다. 이럴 땐 비라도 내려줄 것이지.

2.
씁쓸함을 나름 예쁘게 포장한 채 반쯤 웃는 얼굴로 집으로 돌아왔다. 그 뒤로 휴일마다 자전거를 네다섯 시간씩 타기도 하고, 가끔 며칠의 여유가 생기면 외지로 짧은 자전거 여행을 떠나곤 했다. 그렇게 홀로, 꽤 오랫동안 연애를 하지 않는 아들이 안쓰러웠는지 티브이 아래로 과일을 내밀던 엄마가 조심스레 입을 뗐다.

"아들, 요즘 만나는 애 없어?"

"만나야겠다는 생각도 없고 지금은 그냥 이게 편해."

(거짓말이었다.)

"엄마가 요즘 자주 가는 미용실 있는데 거기 괜찮은 아가씨 한 명 있던데 어떻게… 엄마가 다리 한번 놓아볼까? 물어보니까 남자친구 없다더라."

나는 다소 격양된 목소리로 엄마에게 답했다.

"에이, 엄마. 내가 무슨 장가 못간 노총각도 아니고, 마 됐십니더!"

"그 아가씨 참 괜찮던데…."

그 날의 대화는 엄마의 흐려진 말끝으로 마무리되었지만, 이 이야기의 서막이 그때 시작되었음을 우리 모자는 알지 못했다.

3.

엄마의 정기검진일, 함께 병원을 다녀오는 길에 누군가 엄마에게 다가와 반갑게 인사를 건넸다. 놀랍게도 엄마가 말한 그 사람이었다. 컬이 정교하게 들어간 까만색 긴 머리, 또렷한 눈망울에 도톰한 속눈썹, 오뚝한 코와 붉은 루주를 칠한 입술, 그리고 백자처럼 하얀 피부와 그 테를 이루는 조그만 얼굴. 실로 오랜만에 입가가 무의식적으로 열리는 순간이었다. 엄마는 그 사람에게 나를 소개시켜주었고, 우리는 서로에게 어색한 인사를 짧게 건네곤 옅게 웃었다.

짧은 만남을 뒤로하고, 밥집으로 마저 향하던 길에 엄마는 물었다.

"어때, 괜찮지?"

"뭐… 그냥 뭐 그렇네."

(이 또한 명백한 거짓이었다.)

4.

그 날의 장면은 그 후로 좀처럼 머릿속에서 빠져나가지 않았고, 결국 나는 며칠 뒤에 머리를 자른 지 2주도 채 되지 않았다는 친구의 손목을 강제로 끌고는 미용실로 향했다. 다행히 그 사람은 미용실에 있었고, 나는 대기석에 앉아 읽지도 않을 책을 코밑에 바짝 대고서 그 사람을 관찰했다. 그 날의 낯선 기분이, 묘한 감정이 단발성이 아니었다는 걸 다시 한 번 체감하는 순간이었다. 하지만 남자 커트는 왜 이리 짧게 마무리되는지 친구는 순식간에 더 짧아진 머리로 뾰로통하게 내 앞에 섰고, 그 뒤로는 친구를 달래며 발걸음을 옮겨야 했다.

그로부터 다시 일주일이 지나, 주말을 맞아 오랜만에 파마를 하겠다는 엄마를 따라 또 한 번 미용실로 향했다. 이번에는 엄마와의 데이트를 명분으로 앞세웠다. 파마는 커트와 달리 꽤 많은 시간이 필요했고, 덕분에 오랜 시간 그 사람을 찬찬히 관찰할 수 있었다. 그런데 그 사람도 대기실에서 멀뚱히 책만 보는 아들이라는 사람이 신기했는지 나에게 한 발짝 다가와서는 무릎을 살짝 굽힌 채 이렇게 말을 걸었다.

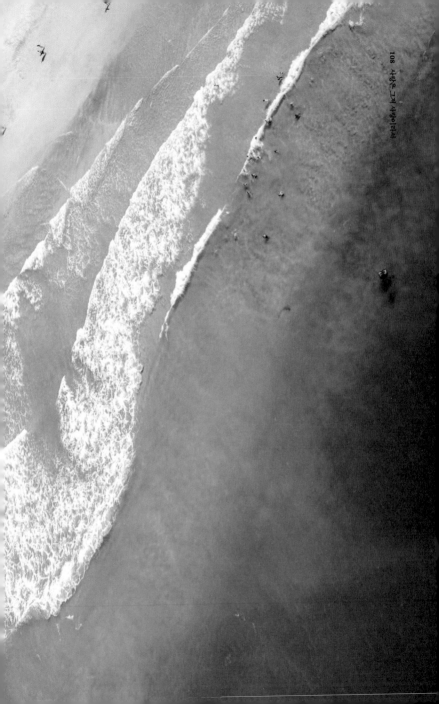

"저, 음료나 차라도 한 잔 드릴까요?"

"아, 네. 그… 저… 아이스티 주세요."

그날의 대화는 "여기 있어요" "네, 감사합니다"로 짧게 종결 됐지만,

그래도 이전보다는 성과가 있는 편이었다.

5.

보름의 시간이 지나, 퇴근길 버스에서 그만 나는 잠이 들었 다. 깊게 잠들었었는지 눈을 뜨니 이미 정류장을 지난 상태였 고, 어느새 그 사람이 일하는 미용실 부근까지 온 상황이었 다. 버스에서 내린 후 휴대폰 거울을 쓱 한 번 살폈다. 머리가 다소 길었다. 자를 때가 되었다며 스스로를 다독이곤 미용실 로 곧장 향했다. 이것도 운명이라면 운명인 거라며, 그 날 용 기를 한번 내보기로 결심했다. 몇 번 미용실을 방문해본 결 과, 매번 미용사와 보조 스태프가 문 앞까지 배웅하는 절차가 있었고, 나는 그 순간에 맞춰 자연스럽게 명함을 건넬 계획이 었다. 명함을 주는 건 번호를 받는 일보다 훨씬 더 쉽고 어색 하지 않은 장면일 테니까.

미용실 계단 앞에 섰고, 떨리는 발걸음으로 유리문을 밀었다. 언제나 부담스러운 미용실 공기는 그 날도 한껏 더 민망하게 만들었지만, '난 그저 손님일 뿐'이라며 스스로를 제어하며 침착하게 미용 가운을 걸쳤다.

그 사람은 그때 당시 정식 미용사가 아니었기에, 찾는 미용사

가 있냐는 질문에 일부러 그녀의 담당 선생님이었던 디자이너를 택하곤 그녀가 나타나길 기다렸다. 먼저 익숙한 얼굴의 디자이너가 나타났고 우리는 머리 손질에 관한 이야기를 나누었다. '이제 곧 그 사람이 나타나겠지.' 떨리는 무릎을 진정시키느라 가운 속 손이 분주할 무렵, 보조 스태프 옷을 입은 사람이 점점 다가왔고 그제야 고갤 들어 앞쪽 거울을 바라보았다.

그 사람이 아니었다. 생전 처음 보는 사람이었다. 티가 날까봐 묻지 않았지만 아무래도 휴일인 듯했다. 척추가 힘없이 말려들었고, 머리 위로는 수많은 김이 새어 나갔다. 어쩐지 기력이 없어 보이는 고객이 염려되는지 디자이너는 걱정이 한가득 묻은 안위를 물었고, 나는 겸연쩍은 표정을 애써 감추며별일 아니라고 손사래를 쳤다.

이것도 운명이라면 운명. 불과 몇 분 전에 들었던 희망찬 생각이 고스란히 칼날이 되어 돌아왔다. '이루어지지 않을 운명이었던 것일까, 하필 많고 많은 날 중 오늘이 휴일인 걸까.' 어긋난 운명에 대한 원통함을 어둑한 하늘에 토해냈다.

6.

집으로 돌아와 샤워까지 마치니 피곤함이 해일처럼 밀려왔고, 긴 하루의 공허함을 마무리하고자 일찍 잠을 청했다. 밤 10시도 채 되지 않아 잠이 들었는데, 눈을 떠보니 어느덧 아침 7시였다. 알람을 끄며 휴대폰 화면을 살피니 절친 두 명의 카톡 잡담으로 화면이 온통 도배돼 있었다. 쌓인 낙엽 같은 이 실없는 알림들을 단번에 처리하기 위해 '모두 지우기'에 손을 올려놓았다. 그런데 수많은 주황색 알림창 속에 낯선 파란 알림창 하나. 잠에 취한 눈을 억지로 밀어 올리며 살피니 페이스북 메시지였다. '이건 뭐지?' 영문 모를 알림창을 눌렀더니 문자들이 그 안에 빼곡했다. 나는 반쯤 감긴 눈으로 힘겹게 글자를 읽어나갔는데, 한 절반쯤 읽어갈 즈음이었을까. 그만 나는 이불을 걷어차며 벌떡 일어나고야 말았다.

그 사람이었다.

우리는 지금 어떤 그림을
보고 있는 걸까요

우리는 경험을 통해 알고 있다.
사랑한다는 것은 서로가 서로를 바라보는 것이 아니라
같은 방향을 함께 바라보는 것임을.
_《인간의 대지》(생텍쥐페리) 중에서

타인에게 호감을 느끼는 순간은 여럿 존재하지만, 많은 경우
자신의 성향과 취향이 비슷한 사람에게 쉽게 호감을 느낀다
고 합니다. 어쩌면 당연한 결과일 겁니다.

사랑은 끝없는 행위의 연속이기에, 사랑을 나눈다는 건 곧 함
께 무언가를 한다는 얘기가 되고, 좀 더 공통분모가 많은 상대
에게 자연스레 끌릴 수밖에 없겠죠. (밥을 먹는 것, 영화를 보는
것, 여행을 가는 것, 애정을 나누는 것 모두 이 범주 안에 들어가겠습니
다.) 특히 여기서는 취미생활의 교집합이 꽤 중요한 부분이라
할 수 있겠는데, 실제로 취미생활은 연애의 지속력과 밀접한
관련이 있어서 교집합 속에 들어간 항목이 많은 연인일수록,
교집합의 분모가 클수록, 연애를 오래 이어간다고 합니다.

그럼 연애에서 취미가 같은 사람이 으뜸일까요? 분명 취미가
같은 점은 연애에서 큰 이점이지만 저는 이 부분보다 더 중요
한 게 하나 있다고 생각합니다. 어쩌면 이 부분은 조금 더 나
아가서 배우자를 선택할 때에 더 중요하게 적용되는 부분일
텐데, 그건 바로 '비전'입니다. 삶을 바라보는 자세, 인생의 가
치관과 미래관이 비슷한 사람일수록 함께 행복해질 확률이
높습니다. 사랑은 결국 삶을 함께 내다보는 행위이니까요.

저는 지금 이 글을 커피향이 가득 밴 카페에서 쓰고 있습니다.

제 앞으로 나란히 붙어 앉은 연인의 모습이 보이네요.

두 사람은 지금 어떤 그림을 함께 보고 있을까요.

부디 이들이 바라보는 그림이 같은 모습이길 바랍니다.

하늘과
바다의 얼굴

하늘과 바다는 서로 밀접한 관계를 맺고 있다는 사실을 당신
은 알까? 대수롭게 여기지 않았지만 난 이 사실에 새삼 놀라
지 않을 수 없었다.

푸른 바다 위에는 하얀 얼굴의 하늘이 존재하고, 흐린 바다
위에는 반드시 검은 머리칼의 하늘이 공식처럼 내려앉는다
는 점, 바다의 얼굴은 그저 하늘의 얼굴을 투영할 뿐이라는
사실을.

이 관계를 우리에게 대입해보니 당신은 하늘, 나는 바다라는 결론이 나왔다. 당신의 환한 표정에 덩달아 푸른 미소를 짓고, 당신의 우중충한 기운을 받아 나 또한 금세 어둑한 표정을 짓는 일이 많으니까.

물론 당신은 왜 내가 하늘이고 너가 바다냐며, 반대여야 한다 할지도 모르겠다. 행여 당신이 그걸 원한다면 어쩔 수 없이 역할을 바꿔야겠지만, 되도록이면 당신이 하늘이 돼주었으면 한다. 당신은 나보다 더 높고 훌륭한 사람임이 분명하니 말이다.

최근 들어 당신의 하루가 무탈한지 얼굴에 꽃이 가득하다. 당신의 미소가 만개하니 덩달아 내 기분도 꽃을 피운다. 당신의 기후가 앞으로도 이렇게 줄곧 맑음이면 좋겠다. 당신의 맑음은 나의 맑음이며, 당신의 흐림은 곧 나의 흐림일 테니.

달의
정체

달을 보면 왠지 모르게 가슴이 미어졌다 두근거렸다를 반복하는 이유. 달을 빗대어 표현한 사랑 글이 무수히 많은 이유. 그건 아마도 저 달이 사랑을 닮아서겠죠. 어떤 날은 반쪽만 보였다가 어떤 날은 훤히 그 속까지 보이고, 또 어떤 날은 까마득하게 보이지 않는 것 또한 꼭 사랑 같으니까요. 달은 가끔 어떤 특별한 날이면 홍조를 띤 얼굴을 하고는 우리 앞에 나타나기도 하는데, 그 모습도 빨개진 두 볼을 수줍게 가리는 풋풋한 사랑의 모습 같죠. 기분에 따라서는 정열적인 사랑으로 보이기도 하고요. 낮에는 쑥스러워 모습을 감추다가도 밤이 되면 대담한 얼굴을 드러내는 사랑. 낮 동안 모르고 지낸 감정을 밤이 되면 알게 되는 사랑. 잊고 지낸 사람의 얼굴이 밤이 되면 차오르는 사랑. 밤마다 매번 우릴 찾아오는 달은 그 무엇보다 사랑의 형태에 가깝고, 그 주변 무리를 이루는 별은 아마도 당신과 나, 혹은 또 다른 연인들의 몸집이겠습니다.

미리 쓰는
여행일기

바뀐 계절, 바람은 또 다른 새로움을 실어 나른다. 걱정과 두려움, 그 안을 비집고 들어가 한 자리를 차지하려는 희망. 감정들의 갈등 속에 선뜻 글을 써 내려가지 못하는 나에게, 여행은 오랜만에 다가와 말을 건넨다. 복잡한 생각이 들 땐 잠시 돌아가자며, 쉬어보자며.

결국 나는 못 이기는 척 여행이 내민 손을 잡고, 여행은 싱긋 웃으며 나와 또 한 사람의 손목을 끌어 익숙하고도 낯선 곳으로 데려간다. 누군가에겐 평범한 일상에 불과한 곳을 여행지로 삼아 신나게 하루를 보내고, 분주한 여행객 틈에 끼어 이튿날을 보낸다. 계획한 마지막 날은 체감 시간보다 일찍 우리를 기다리고, 우리는 약조한 시간에 맞춰 열차에 몸을 싣는다.

여행은 다음에 또 오겠노라 말하고, 나와 또 한 사람은 기차 밖 여행에게 손을 흔들며 작별을 고한다. 다시 또 오겠다며, 짧지만 즐거웠다며.

여름
휴가 1

"아, 미안. 내가 늦었지?"
약속시간보다 조금 늦게 도착한 그녀가 내 어깨를 가볍게 노
크했다.

"괜찮아. 나도 뭐 좀 쓰느라 시간 가는 줄 몰랐어."
나는 노트북 화면을 쓱 가리키고는 옆자리 의자를 뒤로 빼들
었다.

"오, 좀 많이 썼는데? 오늘은 뭐 쓰셨대?"
목에 맨 스카프를 느슨하게 풀어 보인 그녀는 기다란 목을 앞
으로 내밀었다.

"뭐, 그냥 여행기. 아니, 미리 쓰는 여행일기지."

쓰다 쓰다 이제는 별 이상한 걸 다 쓴다며 그녀는 뽀얀 치아가 훤히 드러나도록 웃었고, 곧이어 자신의 음료를 주문하기 위해 카운터로 발걸음을 옮겼다.

나는 몸을 돌려 그녀가 선 곳을 물끄러미 바라봤고,
곧 시선이 마주친 그녀는 잔망스런 표정으로 입술을 쭉 내밀어 보였다.

세상을 살아가다보면 삶이 버겁고 외로울 때가 있다. 한 살 한 살 나이가 들어갈수록 사무적인 관계만 많아지고, 친했던 옛 친구들도 하나둘 멀어져 연락하기 어색한 사이가 돼버릴 때, 철저히 혼자가 된 삶의 고지에서 눈물을 흘린다.

하지만 삶에 치이고 찌들어갈 때 나를 다시 일으켜 세우는 사람은 존재하고, 그 사람은 바로 나를 좋아해주는 사람이겠다. 그저 존재만으로도 더없이 든든한 아군이자 버팀목이 되어주는 사람. 지금, 내게 있어 저 사람처럼.

여름
휴가 2

출간 시기가 맞물려 단풍이 무르익고 나서야 뒤늦게 떠나는 여름휴가. 늦은 휴가인데도 불평 한마디 없이 그저 옆에 앉아 무던하게 커피를 호로록 들이켜고 있는 당신이 고맙고, 앞으로도 쭉 그러겠다.

우리는 늘 비를 부르는 비운의 우기(雨期) 커플이지만, 다행히 돌아오는 이 주는 하늘도 화창하게 문을 열어 놓는다고 하니, 여행 때 쓰려고 아껴두었던 우리의 선글라스가 민망하지 않겠다.

당신은 새로 산 구두를 신는다고 한다. 운동화를 신는 게 낫지 않겠냐고 하니, 사진에서 다리가 길게 나와야 한다고 답한다. 부디 건져 올릴 사진이 있어야 할 텐데, 사진 찍는 감각이 그리 뛰어나지 않은 나로선 그 부분이 염려되는 부분이다. 그래도 결과물을 만들어내야겠지. 재능은 없지만 최대한의 능력으로 노력해볼 생각이다. 클라이언트가 만족하실 때까지.

"아까 서 있을 때 찍은 건데 어때?"

"지워."

내 옆자리,
자전거 뒷좌석

오랫동안 내 옆자리는 자전거 뒷좌석이었다
처음 앉을 땐 설레고 재밌지만,
오래 앉으면 아프고 불편한 자리
그래서인지 다들 오래 앉지 못했다
몇 갈래의 길을 지나고 돌아본 뒷좌석은 언제나 휑했다

한동안은 뒷좌석을 아예 떼놓고 다녔다
차라리 없는 게 더 낫겠다 싶었다

그런 나에게 당신이 다가왔다
당신은 요 앞까지 태워줄 수 있겠냐고 물었고
잠시 기다려보라는 말과 함께
나는 가방에 넣어둔 뒷좌석 안장을 주섬주섬 꺼내놓았다

장착한 안장의 먼지를 옷깃으로 쓱 걷어내고 나니
당신은 햇살을 한가득 품은 미소로 걸터앉았고
나는 급히 안장에 엉덩이를 대고는 페달을 밟아나갔다
실로 오랜만에 두 사람을 태운 자전거는
휘청거리고 삐거덕댔지만
그 덕에 당신과 나는 서먹함을 빨리 걷어낼 수 있었다

그러다 당신이 처음 손짓한 부근까지 도달했을 때
핸들 거울로 뒤를 살폈지만
어쩐지 당신은 내릴 준비를 하지 않았고
나 또한 별다른 말없이 계속해서 페달을 저었다
당신은 하늘을 올려다봤고,
나는 쏟아지는 볕과 별을 바라봤다

고맙게도 당신은 지금도 여전히 그 자리 그대로 앉아있고
덕분에 내 옆자리는 더 이상 아프지 않다

PART 3.

어스름 노을

가을에
부치는 편지

수확의 계절이 찾아왔네요. 가을은 예로부터 여유와 풍요의 계절이었죠. 푹푹 삶는 더위에 지친 마음을 시원한 바람이 어루만져주는 요즘입니다.

바뀐 해의 기울기와 바람 온도를 따라 크고 작은 변화들이 있습니다. 의도했든, 의도하지 않았든, 다가온 변화와 상황을 외면하기보단 겸허히 받아들이며 직면하려 합니다. 인생은 어떤 음표로 어떤 곡이 연주될지 종잡을 수 없으니까요.

옛말에 '일소일소 일노일로'(一笑一少 一怒一老)라는 말이 있습니다. "한 번 웃으면 한 번 젊어지고, 한 번 화를 내면 한 번 늙는다"는 말인데, 이 말의 속뜻을 따라 당신의 일상을 환한 무지개 모양 눈썹으로 만들어보는 건 어떨지요. 뒤집은 바나나 모양의 성난 눈썹 대신에 말이지요.

행복과 기쁨보다는 고난과 아픔이 많은 세상이지만, 그럼에도 작은 다리미 하날 쥐고서 잡힌 구김들을 한 자락씩 펴간다면, 구김들이 저도 모르는 사이 사라질지도 모릅니다.

싫지 않은 찬 공기가 불어오는 이 계절, 쟁여둔 몇 벌의 마음을 꺼내놓고서 그 마음들을 한 벌씩 다려 갑니다. 당신의 계절도 그랬으면 좋겠습니다.

좋아하는 것과
사랑하는 것

사랑하는 것과 좋아하는 것은 어떤 차이일까
둘 다 누군가를 애타게 그리는 마음이니 별 차이 없는 걸까

이 둘의 차이점을 논리정연하게 설명할 재간은 없지만,
기쁘고 신나는 일이 있을 때 떠오르는 사람이
좋아하는 사람이라면
슬프고 힘든 일이 있을 때 떠오르는 사람은
사랑하는 사람이겠다

달달한 캐러멜 시럽이 들어간 커피를 좋아하고
은은하고 온화한 향이 나는 뱅쇼를 사랑한다

처음 고백은 '좋아해'였지만
이젠 그 말을 더는 사용하지 않지
어쩌면 당신과 내가 이미
그 단계를 지났기 때문인지도 모르겠다
캐러멜 마끼아또를 마시다 이제는 뱅쇼로
기쁨을 나누던 사이에서
이젠 슬픔마저도 나누는 사이로

맞춤법을
틀리게 쓰는 이유

맞춤법을 틀리게 쓰는 건 글을 쓰는 제겐 있을 수 없는 일이지만, 그럼에도 당신에게 틀린 맞춤법을 써 보내는 건, 당신에게는 다른 언어를 쓰고픈 마음이자 당신에게만큼은 특별하게 보이기 위함입니다.

사랑의 대화가 그렇잖아요. '가'를 '갸'로 써도 상관없는 것. 서두 없는 글이 일상이 되는 것. 수많은 이모티콘 동물들이 모여 사는 동물원이자 다 큰 어른들의 어리광과 동심이 살아있는 디즈니랜드가 되는 것.

어쩌면 세 살배기 아이의 대화처럼 유치하고, 쏟아지는 가을 날의 단풍잎처럼 실없이 매일 쌓이는 것이 사랑의 대화겠지만, 그래도 쌓인 단풍 위로 떨어지는 또 다음 단풍을 올려다볼 수 있어 행복한 것 또한 사랑입니다.

바스락, 바스락.
춘추복을 입은 학생 커플이 수북이 쌓인 단풍 위를 횡단하며 제 앞을 지납니다. 남학생은 떨어지는 단풍잎을 잡으려 부단히 애쓰고, 여학생은 그런 남학생의 모습에 박장대소를 합니다. 단풍잎을 당기는 중력이 무겁고 빠른 것인지, 아니면 남학생의 순발력이 느리고 더딘 건지는 몰라도 남학생은 끝내 단풍을 잡아내지 못했고, 여학생은 그만하라는 신호를 보내듯 남학생의 손을 잡고는 팔짱을 껴보였습니다.

왠지 모를 좌절감이 묻어나는 남학생의 처진 어깨. 아마도 남학생은 떨어지는 단풍을 단숨에 낚아채는 멋진 모습으로 여학생에게 단풍잎을 건네려 한 모양이었나 봅니다. 근데 저 남학생은 알까요, 자신의 책가방 뒤에 단풍잎 하나가 슬쩍 내려와 있다는 재미난 사실을.

연애의
기후

습관적으로 연인의 뒷담을 공론화하는 사람들이 있습니다. 연애의 기후에 약간의 구름만 끼어도, 금방이라도 비를 세차게 뿌려댈 법한 먹구름으로 간주하는 사람 말이죠.

가끔 그 정도가 심한 사람은 마치 연애의 칼자루를 자신이 쥐고 있다는 듯 자신을 사랑해주는 연인을 비하하고 우습게 표현하기도 합니다.

그와 같은 뒷담화를 들을 때면 저는 괜스레 가십거리가 되고 있는 연인이 그 광경을 지켜보는 상황을 상상하며 실웃음을 짓곤 합니다. 또 '저 사람 분명 여기서는 저렇게 열렬히 말하지만, 자신의 연인 앞에서는 아무렇지 않게 사랑을 말하겠지' 하는 생각에 쏠쓸한 보조개가 접히기도 합니다.

맑은 날만 있는 것이 행복이고 사랑일 것 같지만, 사실 연애의 기후에는 도리어 구름 낀 날도 있어야 맑은 날의 소중함을 더 절실히 깨닫습니다. 계속된 맑음의 반복은 오히려 뜨거운 햇살에 얼굴이 따갑고, 날이 왜 이리도 덥냐며 서로의 미간을 좁힐지도 모릅니다.

어떤 연인이 있는 곳이 맑은 날이라면 지구 반대편의 어떤 연인은 장마철입니다. 지금 이 글을 쓰고 있는 시각(새벽 03시 38분)에도 누군가는 사랑의 불씨를 키워가고 누군가는 그 불씨를 꺼트리겠죠.

그러니 지금 현재 나와 같은 기후를 보내는 사람이 있다면, 따뜻한 온기로 나를 감싸는 사람이 존재한다면, 그 존재 자체로 감사해야 하는 건 아닐까요.

오래 입을 수
있는 옷

카페에서 글을 쓰다 우연히 옆자리에 앉은 그룹의 이야기를 엿들었다. 대화의 주 내용은 '선물 과시'였는데, 가장 가까운 거리에 앉은 아주머니가 먼저 말을 꺼냈다.

"그거 못 보던 팔찌 같은데?" 그랬더니 가장 멀찍이 앉은 아주머니가 손목의 팔찌를 찰랑 흔들며 넌지시 입을 뗐다.
"아, 이거. 우리 사위가 사지 말라고 그렇게 얘기했는데 선물이라고 사왔지 뭐야."

이쯤 되면 이후 내용을 설명하지 않아도 다음 이야기를 유추해볼 수 있을 것이다. 사람들은 남이 걸친 화려한 겉옷에 쉽게 부러움을 느낀다. 서로의 부러움을 칭찬하고 자랑하며 때로는 그 과정에서 시기질투를 한다. 보이는 게 전부가 아니라는 걸 머리론 알고 있지만, 밀려오는 마음은 쉽게 감춰지지 않는 것이다.

부러움의 화살은 때때로 내 사람에게 꽂힌다. '누구는 이렇게 받았는데 왜 나는 같은 대우를 받지 못할까', '왜 나는 그런 사람을 곁에 두지 못했나'에 대한 고찰이 찾아오고, 그 회의감은 곧 내 사람들과의 관계를 좀먹는다.

멋들어진 옷이 행복한 옷은 결코 아닐 것이다. 모름지기 좋은 옷이란, 예쁘게 보이려 숨 참아가며 불편하게 조인 옷이 아니라, 나에게 잘 맞아 편하고, 한시적 유행에 물들지 않으면서, 오래 입을 수 있는 옷이 좋은 옷이다.

사랑할 때에도 마찬가지다. 사랑의 대상은 화려하고 멋진 옷
(사람)보다는, 오래 함께할 수 있는 편한 옷(사람)이어야 한다.
화려한 옷을 입고 뽐내는 순간은 한순간이지만, 편한 옷은 일
상 대부분의 시간을 함께하는 것이니.

산문적
연애

한순간 반짝 튀어 오르는 불꽃놀이가 아닌 은은하게 타오르는 벽난로 장작불처럼 서서히 더 좋아지고 따뜻해지는, 꾸준히 장작을 밀어 넣어 불꽃이 움츠러들지 않게, 은은하게 타오르는 장작불 앞에 나란히 발을 뻗고 앉아 오손도손 이 얘기 저 얘기 꺼내드는, 별다른 스토리 전개가 없는 밋밋한 로맨스 영화처럼 잔잔한 물결만 일렁이는 그런… 소란하지 않은 산문적 연애이길.

사랑과 이별
사이의 공백

아픈 이별을 맞은 A는 당분간 사랑하지 않겠다며 겨울잠을 택했고, 비슷한 이별을 직면한 B는 갑작스레 찾아온 허기를 보충하기 위해 새로운 열매를 찾아 길을 나섰다. 이별에 대처하는 방법엔 정답이 없겠지만 나는 A유형에 가까운 사람이다.

사람을 잊는 가장 좋은 방법은 그보다 더 좋은 사람을 만나는 것이라고들 하지만, 어느 정도의 공백 또한 분명 필요하다. 마음이 동요된 상태에서의 만남은 자칫 새로운 상처를 또 얹는 상황을 만들지도 모르니까.

'사랑'을 자동차에 빗댄다면, 이별 직후의 자동차는 바퀴에 펑크가 난 상태겠다. 물론 그 상태로 누군가를 옆자리에 태우고 달릴 수는 있겠지만, 얼마 가지 못하고 덜컹거리다 이내 주저앉아 버리고 말 것이다. 그러니 펑크 난 것을 알았을 때 그대로 달리기보단, 정비소를 들러 구멍 난 바퀴의 바람과 떨어진 연료통의 기름을 채우며 기다려야 한다.

온전한 내 모습으로 다시 시동이 걸릴 때까지.

마음의
거리

나와 장거리 연애를 했던 그 사람은 오랜 블로그 이웃이었다. 오랜 시간 댓글로 많은 얘기를 주고받은 우리는 우연한 계기로 부산에서 첫 만남을 가지게 되었는데, 지금도 가끔씩 그날의 만남이 떠오른다. 온라인으로 알고 지낸 사람을 오프라인으로 직접 만나는 두근거림. 그건 그 어떤 만남보다 심장을 요동치게 만드는 설렘이었다.

장소는 부산역이었다.
시간에 맞춰 도착해 이리저리 두리번대고 있으니 누군가 다가와 말을 걸었다.
"저 혹시 리딩소년 님이세요?"
"아, 혹시…?"
그 사람은 드러나는 잇몸을 수줍게 가리며 답했다.
"네에, 맞아요."

쑥스러움에 한참을 그저 웃기만 했다. 하하. 호호.
역사를 빠져나온 우리는 역과 가까운 자갈치시장으로 향했고, 첫 만남에 우리는 곰장어집에서 술잔을 들었다.
부산에서 많이 취급한다는 C1소주(지금의 대선소주)를 앞에 두고서.

대화를 하면서 서로 호감을 느낀다는 걸 어렵지 않게 알 수 있었다. 그간 댓글로 많은 대화를 나눈 덕인지는 몰라도 대화의 결이 잘 맞았고, 그렇게 우린 바로 그다음 달인 시월에 그녀의 거주지인 청주에서 연인으로 발전했다.

청주와 부산은 기차를 타든, 버스를 타든, 3시간이 넘는 거리
였으니 장거리 연애라 봐도 무방했다.

서로가 있는 지역으로 몇 차례 오고감이 있었고, 열차를 맞이
하며 많이 웃었고 또 열차를 떠나보내며 많이 울었다. 먹먹함
을 안고 돌아갈 것을 알지만, 아픔의 총량이 더 큰 걸 뻔히 알
지만 우둔한 사랑은 타협하지 않았다. 그저 서로를 볼 수 있다
는 것. 그 순간이 전부였다.

그러나 그 사람과 나의 만남은 두 계절을 채 넘기지 못했다.
휴일이 달랐던 우리는 좀처럼 시간을 맞추기 어려웠고 결국
그 파장은 헤어짐에 이르고 말았다. 마음이 닿는 곳은 십 리이
고 마음이 닿지 않는 곳은 만 리라며, 거리는 눈이 아닌 마음
에 달린 것이라며 그렇게 스스로를 위안하고 믿었지만, 결국
마음은 거리의 공허함을 이기지 못했다.

아니 어쩌면 우리가 헤어진 진짜 이유는 서로가 그 거리를 극
복할 만큼 사랑하지 않았기 때문인지도 모른다. 모든 헤어짐
에는 나름의 이유가 있지만, 대부분은 결국 놓인 상황보다 사
람을 더 사랑하지 않는다는 진실이 방증되어 있는 법이니까.

노을은
사랑을 닮았다

노을은 사랑을 닮았다. 아름다운 붉은색으로 물들지만 그 빛에는 유효기간이 존재한다. 사랑도 언제나 빛나지 않는다. 노을이 지면 어김없이 어둠이 내려앉듯 가장 아름답게 빛나던 시절이 지나고 나면 감정도 그 열기를 잃는다.

그러나 무한하지 않는 영역에 존재하는 감정이기에 아름답고, 비록 유한하지만 그 속에서 끊임없이 순환된다.

뜨겁게 달아올랐다 그 열기가 식기도 하고, 차갑게 내려앉다가도 다시 온기를 입고 차오른다. 오늘의 노을이 지고 간 자리를 내일의 노을이 채워가듯, 우리의 사랑도 분명 그러할 것이다. 가끔은 구름에 가려져 그 빛이 사라진 것처럼 보일 때도 많지만, 사랑은 여전히 빛을 품고 있기에 적당한 숨을 고른 뒤에 반드시 구름을 헤치고 나와 모습을 드러낼 것이다.

우리의 감정은 매일 조금씩 소거되지만 그와 동시에 순환되고 있으니까.

누군가는 사랑이고
누군가는 이별이다

형형색색 짐 가방을 든 채 모든 색상을 설렘으로 덮는 선글라스. 오늘만큼은 내일 지구가 멸망할지라도 떠나리. 그리고 며칠 지나지 않아 금세 다시 공항으로 돌아온 우리.

같은 곳 같은 사람들이지만 어쩐지 다른 느낌. 유명인사처럼 한껏 멋을 부린 우리의 모습은 어느덧 패잔병이 되어 있다. 눈꺼풀은 한없이 무거워져 힘없이 깜빡인다.

멀지 않은 출국장에 서 있는 또 다른 사람들. 그들의 해맑은 입가에서 며칠 전 우리 모습을 본다. 우리는 몰랐었지, 오늘이 온다는 걸. 저들도 모르겠지. 얼마 후면 저들도 우리가 된다는 걸. 공항은 늘 이렇게 누군가의 설렘과 누군가의 지침이 공존한다. 며칠 전 나와 며칠 후의 네가 희비 교차를 이루며….

사랑도 그랬다. 사랑으로 떠날 땐 그저 떨리고 설레기만 했는데, 사랑을 끝내고 돌아올 때는 한없이 지칠 대로 지친 상태였다. 아주 긴 여정일 거라 생각했는데, 끝이 존재하지 않을 것만 같았는데, 기대와 달리 사랑은 짧았고, 때문에 생각지 못한 순간에 원래의 자리로 돌아와야 했다.

사랑을 끝내고 돌아온 입국장. 멀뚱히 서서 소란스런 건너편을 올려다본다. 그리 멀지 않은 곳에선 여전히 많이 사람이 사랑으로 떠나는 출국 행렬에 줄을 서고 있었다.

머리카락

그럴 때가 있다
지금의 머리카락 길이감이 좋아
더 이상 짧지도 길지도 않은
그 길이 그대로의 모습으로
온전히 멈췄으면 할 때가

그럴 때가 있다
딱 좋은 머리카락 색깔처럼
지금의 색감이 좋아
이 순간이, 이 행복이
이대로 멈췄으면 할 때가

영원히
붙잡아두고 싶은
그런 순간들이

시간을
갖자는 말

잠시 시간을 갖자는 말. 우리에겐 당장의 헤어짐을 대신해줄 말이 필요했던 거지. 기다림. 그 시간 뒤로 어떤 결과가 있을지 미루어 짐작하지만 그럼에도 우린 당장의 최선을 선택하는 거야.

시간을 갖자는 말은 헤어짐을 한 발 유보하자는 말이지. 가위를 손가락으로 벌려 줄을 끊으려다 아직은 그 줄을 잘라낼 용기가 나지 않아 가위를 다시 오므리는 일이지. 시간을 갖는 건 흘러가는 초시계를 잠시 멈추게 하는 행위이기도 하지.
멈춰둔 시간을 다시 흐르게 할 건지, 아니면 여기까지 측정하고 끝을 낼 건지를 반드시 결정해야 하니까.

시간을 갖는 일은 불이 붙은 심지가 까맣게 다 타서 사라질 때까지 불씨를 하염없이 바라보는 일이었어. 지난 사진을 모두 내어놓고는 추억을 한 장 한 장 복기하는 일. 과거와 미래의 갈등 속에서 관계를 재단하는 일….

우린 결국 헤어짐을 택했지. 적막이 흐르는 카페에서 너는 무겁게 입을 열었고, 나는 스스럼없이 고개를 끄덕였지. 너는 끝내 울음을 터뜨렸고, 나는 고개를 돌렸지. 그렇게 우리가 가졌던 수많은 시간이 끝이 났지.

무너지지 않을 단단한 탑이라 생각했는데, 탑을 무너뜨린 건 미사일도, 폭탄도, 포클레인도 아닌 그저 힘없고 나약한 말 한마디일 뿐이었어.

사랑에도 각자의
공간이 필요한 거라면

사람들은 누구나 세 개의 삶을 산다.

공적인 하나, 개인적인 하나, 그리고 비밀의 하나

_영화 〈완벽한 타인〉(2018) 중에서

지금의 사랑이 성숙하다 자부할 수는 없겠지만, 지금보다 조금 더 미성숙한 사랑을 할 때는 상대를 너무 깊게 알려 했다. 그러다 보니 점차 침범하지 말아야 할 서로의 공간에 불쑥 들어가게 되었고, 애착이 집착으로 번지며 결국에는 상처만 남는 관계가 돼버리곤 했다.

사랑하는 사이에도 각자의 공간은 분명 필요하다.

오로지 나만이 들어가 쉴 수 있는 혼자만의 비밀공간이 필요하다. 사랑은 사생활의 존중이 이루어질 때야말로 비로소 아름다운 모습으로 나아간다. 서로를 향한 지나친 속박은 사랑을 사슬로 만든다. 사랑한다고 해서 상대를 소유할 권리까지 얻는 건 아니기에, 각자의 공간을 지켜주고 존중해주는 노력을 기울여야 한다.

물론 여기서는 당연히 서로가 윤리적인 차원을 벗어나는 행위를 하지 않는다는 전제조건이 있어야만 한다. 공간의 침범은 늘 의심의 몫이니까.

사랑에 관한 별 희한한 막장 사례가 많은 세상인지라 요즘은 누굴 믿고 연애를 해야 할지 모르겠다고 하지만, 나는 그럼에도 사랑은 여전히 믿음이라 생각한다. 의심은 예방이 되지만 때론 그 예방이 도리어 살갗을 베어버리곤 하지 않던가.

당신이 만약 지금 누군가를 사랑하고 있다면, 당신의 사랑에 는 굳건한 신뢰의 댐이 형성돼 있길 간절히 바란다. 한 줄기 의심조차 새어나오지 않는 단단한.

부모라는
이름으로

〔혼인 신고일〕1985년 01월 23일
〔배우자 사망일〕2012년 05월 20일
〔배우자〕천휴성

건강보험 명단에 나와 엄마를 나란히 올리기 위해 가까운 동
사무소에서 서류(엄마의 혼인관계 증명서) 한 통을 뗐다. 서류에
는 어쩐지 낯설어 보이는 이름이 존재했다. 아, 참. 아빠 이름
이 '휴성'이었지. 늘 '아빠'라고만 부르고 기억하던 나였기에
아빠의 이름이 한없이 낯설기만 했다.

세상의 모든 부모는 본인의 이름 석자보다 부모라는 호칭으로 살아가는 세월이 더 길다. 가끔은 자신조차 스스로의 이름이 어색해지기도 하는데, 그 이유는 성별(남녀)의 삶보다 부모라는 존재의 성으로 살아가는 삶의 총량과 비중이 크기 때문 아닐까.

오래전, '휴성'이라는 이름의 사내와 '미자'라는 이름의 여인은 풋풋한 청년기에 백년해로를 약속하며 부부가 되었다. 두 사람은 그해 부모가 되었는데, 부부는 두 자녀를 양육하며 오랜 세월 부모의 역할로 삶을 이어왔다. 그러나 머지않아 한 사람은 먼저 그 자리를 떠났고, 두 사람이 채워야 할 것만 같은 자리에 지금은 한 사람만 남아 그 역할을 수행하고 있다.

예전의 난 아빠와 함께 나란히 걸어가는 아들딸들의 뒷모습을 부러워했다. 나에겐 그저 과거로만 간직해야 할 풍경이었기 때문이다. 그런데 요즘은 이상하게도 나란히 손잡고 걸어가는 중년부부의 뒷모습이 부럽고, 때로는 그 모습에 마음 한 구석이 아려오고는 한다.

이제는 부모의 역할보다 그저 한 사람으로, 아니 한 명의 여자로서 자신의 삶을 살았으면 하는 것이 나의 바람이다만, 엄마는 여전히 그 자리의 삶을 고수하고 고집한다. 언젠가, 그녀도 스스로 그 무게를 내려놓는 날이 오겠지, 그 날이 올 때면 나는 아낌없는 지지와 응원을 보내겠다. 엄마가 아닌, 여자 사람 '윤미자' 씨의 황혼을.

그나저나 휴성이라는 사내는 지금 무얼 하며 지내고 있을까. 머무는 그곳은 한 가정의 무거운 무게에서 벗어난 자유로운 곳일까. 나의 우상이었던 그 사내가 이제는 정말 자신만의 자유를 마음껏 누려보았으면 한다. 자신만의 날개를 활짝 펼쳐보았으면 한다. '부모'라는 이름이 아닌 '휴성'이라는 자신의 이름으로.

사랑의
형태

사랑이란 수고로움을 마다하지 않는 것
그 수고로움이 누군가의 행복을 지키는 것

변하지 않는 사랑의 형태가 존재한다면
그런 모습이 아닐까

_열차 계단을 나란히 오르는 어느 노부부를 바라보다가

맹목적
배려

She was no longer calvin's creation. she was free.

(그녀는 더 이상 캘빈의 소유물이 아니다. 그녀는 자유로워졌다.)

_영화 〈루비 스팍스〉(Ruby Sparks, 2012) 중에서

한 남자가 자신의 일거수일투족을 한 여자에게 보고한다. 몇 시에 누굴 만났는지, 누구와 어디서 무얼 하는지, 음식은 무엇을 먹는지, 술잔은 얼마나 비웠는지 등등….

나는 이 '보고충'과 나란히 앉아 술자리를 하는 친구 역할이다. 물론 내 모습도 당연하게 친구가 보고에 곁들인 사진 속에 등장했다. 그래서인지 분명 두 명이 함께하는 술자리인데, 마치 세 명이 함께하는 듯한 기분이 든다.

조심스레 친구에게 물었다.
"혹시 그 사람도 너처럼 그렇게 해?"
친구는 '아니'라고 답했는데, 이내 석연찮은 표정을 내비쳤다. 더 묻고 싶은 말이 있었으나 친구의 표정이 이미 답변을 해주었기에 말없이 술잔을 들었다.

사랑하는 이를 위해 '배려'라는 걸 할 때는 그저 주는 것에 그쳐야 한다. 배려가 부메랑처럼 다시 돌아오길 기대한다면 그 순간부터 서로 피곤해진다. 자신이 행한 배려에 맞춰 행동하지 않는 상대에게 서운함을 느끼면서도 애써 감출 테고, 그러다 어느 정도의 수치가 차오르면 결국 그 서운한 마음은 폭발하고 만다. '내가 이렇게 해주면 그 사람도 이렇게 해주겠지.' 이건 배려가 아니다. 그저 바람일 뿐이지.

흔히 연인들이 서로에게 '맞춰간다'는 말을 자주 쓰지만, 어쩌면 '맞춘다'는 말보다는 '포기한다'라고 하는 것이 더 적절

하지 않을까? 수십 년 다르게 살아온 서로가 어떻게 하루아침에 맞춰질 수 있겠는가. 서로가 원하는 궤도까지 진입하기 위해선, 적어도 서로가 각자 지내온 시간만큼 함께 지내야 가능한 일일 것이다. '포기'라는 말은 대부분 부정적인 뜻으로 해석되지만, 적당한 포기가 도리어 더 긍정적인 결과를 불러일으키는 경우도 있다. 적당한 포기를 함으로써 상대를 바꾸려는 마음보단, 있는 그대로를 받아들이려는 마음과 노력이 생겨나기 때문이다.

로맨스 영화 〈루비 스팍스〉에서 남자주인공인 소설가 '캘빈 웨어필드'는 어느 날 상상 속 여인인 '루비 스팍스'를 실체화하는 능력을 갖는다. 상상 속 이상형으로 만들어진 루비와 그녀를 창조한 캘빈은 연인이 되어 함께 지내는데, 상상으로 만들어진 인물임에도 루비에게는 캘빈과 맞지 않는 특징과 성격이 존재했고, 결국 캘빈은 자신의 입맛에 맞는 루비를 만들기 위해 마법의 타자기를 두드려 루비의 성격을 하나둘 바꿔간다.

그런데 타자기를 두드리면 두드릴수록 상황은 더 나빠지고만다. 이를테면, 캘빈과 함께 몇 달을 지낸 루비는 점차 캘빈과의 사랑에 권태를 느끼며 그와 떨어져 지내는데, 이를 참지못한 캘빈은 타자기를 두드려 그녀를 캘빈만을 바라보는 사랑꾼으로 만들어버리고 만다. 하지만 애정결핍이라는 부작용이 생기면서 이에 캘빈은 루비를 다시 원래의 성격으로 돌리는데, 그러다 결국 루비를 자기 마음대로 재단한 스스로에게 죄책감을 느끼며 그녀를 놓아주는 선택을 하게 된다.

'사랑은 맞추는 것이 아닌 이해하는 것'이라는 메시지를 강하게 각인시킨 영화. 많은 연애는 아니었지만 몇 번의 연애를 경험하며 깨달은 건, 하나부터 열까지 내 맘에 쏙 드는 사람은 결코 존재하지 않는다는 거였다. 나 자신을 바라볼 때도 마음에 들지 않는 구석이 셀 수 없이 많은데, 어떻게 타인이 내 마음에 쏙 들 수 있겠는가. 그저 맞지 않는 부분은 맞지 않거니 하며 끌어안아야 한다.

그래서 누군가를 사랑할 때의 배려와 이해는 이런 거겠다. 상대방이 나에게 맞춰주길 바라는 목적형 행동이 아닌, 그저 상대를 위한 맹목적인 신사숙녀가 되는 것. 어쩌면 이런 근사한 모습이야말로 진정한 배려가 깃든 사랑의 모습이 아닐까.

사랑하며
알게 된 사실

사랑하며 놀란 사실은,
나를 전혀 모르고 지내온 사람이
이제는 나 없이 살 수 없는 사람이 됐다는 점

그리고 또 한 번
놀란 다른 사실은,
지나보니 그 모든 게 온전한 내 착각이었다는 점

외로운
차선

옆 차가 예고도 없이 차도 안쪽으로 끼어들었다
브레이크를 있는 대로 밟은 덕에 사고를 면했지만
휘둥그레진 눈동자는 좀처럼 풀리지 않았다

당신이 내 삶에 들어온 것도 그러했다
깜빡이도 없이 밀고 들어와 내 주행 차선을 막았지만
혼자 달리는 것이 쓸쓸했던 나로서는 그게 싫지만은 않았다

우리는 꽤 오랜 시간 같은 차선을 함께 달렸다
그러다 어느 어두운 터널을 지나게 되었는데
터널을 벗어난 후로 당신은 처음 그때처럼
깜빡이를 켜지 않은 채 차선을 변경했다
당신은 교차로 앞에서 핸들을 꺾었고
나는 그대로 액셀러레이터를 밟았다

결국 다시 외로운 차선을 달리게 되었지만
한동안 백미러를 유심히 살펴가며 시속을 낮췄다
혹시 당신을 닮은 형상이 뒤따라올지도 모른다는
어설픈 기대를 투영시키면서

둘에
익숙해진다는 건

혼자 노는 걸 곧잘 하는 편이다. 음식점에서 수저를 드는 것도, 영화관 시트에 엉덩이를 대는 것도, 코인 노래방의 마이크를 드는 것도, 카페 머그잔에 입술을 대는 것도. 누군가와 함께 만드는 시간보다 혼자 만들어가는 시간이 더 많다.

여행 배낭을 올려 메는 것도 마찬가지였다. 혼자만의 여행을 곧잘 즐기는 나는 종종 책 한 권을 가방에 밀어 넣고는 나 홀로 여행을 감행한다. 별다른 계획 없이 떠나 낯선 풍경을 대면할 때면 찌든 일상과 분리된 새로운 삶을 만나는 기분이 드는데, 그런 평온한 기운을 좋아한다.

그런데 어느 순간부터 여행지 곳곳에서 당신을 떠올리기 시작했다. 근사한 풍경을 마주할 때에도, 맛있는 음식을 먹을 때에도. 무의식적으로 '당신이 여기 왔으면 참 좋아했겠다', '이걸 같이 먹었다면 참 좋았겠다' 하는 생각이 들었다.

이젠 당신과 함께하는 나날에 너무도 익숙해져버린 것일까, 나에게 여행은 분명 직면한 모든 일상으로부터 벗어나는 시도이자 선택이었는데, 완연한 홀로의 몸으로 자연과 악수하는 것이었는데, 어느 순간부터 여행지 그곳은 당신이 부는 바람 앞이었다.

부치지 못한
편지 feat . H

이 편지는 나의 오랜 벗 H가 작성한 글이며,
이 글에는 별도의 내용 첨삭과 수정 작업이
이루어지지 않았음을 먼저 밝힌다.

당신에게 보내는 마지막 편지

안녕? 잘 지내지?
흔해빠진 표현으로 당신에게 편지를 보내게 될 줄은 몰랐어.
10분이 멀다 하고 서로의 모든 것을 메시지로 주고받던 사이
였는데 어느덧 우리는 서로를 애초부터 몰랐던 사람이 되어
버렸네. 가끔 내가 손편지를 써주면 큰 선물을 받은 것처럼 방
긋 웃던 당신에게, 우리의 마지막을 담은 편지를 쓸게.

당신과 만났던 7년이라는 긴 시간이 내 삶을 비춘 큰 빛이었
다는 것을 깨달은 건 당신과 헤어지고 한참이 지난 후였어. 못
나게도 이별 후에 당신을 원망하고 미워하려 했던 내 지난 모
습들이 얼마나 유치했는지도 이제야 깨달아. 나는 항상 당신
에게 어제보다 더 큰 사랑을 요구했지만, 당신은 언제나 한결
같은 마음으로 날 사랑하고 이해해줬어.

그때의 나는 어렸고, 못났었어. 당신은 조금씩 더 멋지고 당
당한 어른이 되어 가는데 나는 제자리걸음하고 있는 어린아
이같이 느껴졌으니까. 당신에게 더 큰 사랑을 바랐던 건 나의
조바심이 빚어낸 비극이었을지도 몰라. 당신의 한결같음이
얼마나 현명했던 행동이었는지 뒤늦게 알아채고 후회해봐야

당신은 이미 강물에 떠내려간 종이배였어.

내가 얼마나 많은 후회를 했는지 당신이 안다면 아마 당신은 많이 놀랄 거야. 당신이 아는 나는 항상 무덤덤하고 재미없는, 지나간 일에 대해 그다지 신경 쓰지 않는 남자였으니까. 사실 그조차도 후회했어. 왜 나는 내가 하는 일의 힘듦만 생각하고 당신 앞에서 조금 더 웃지 못했을까. 세상에 좋은 볼거리 맛있는 먹거리 많고 많은데 왜 당신과 함께한 기억은 많지 않을까. 그런 날 옆에서 묵묵히 지켜보며 얼마나 답답했을까. 아니 이별하고 그렇게 쓰리려 하면서도 왜 당신에게 흔한 무릎 한 번 꿇지 못하고 잡아보지 못했을까. 생각이 꼬리를 물었던 날이 많았어. 생각의 끝에서는 항상 내가 못나 그렇다는 결론밖에 찾지 못했지만.

그래도 후회로 끝맺을 수 없는 건 당신과의 7년은 나에게 영원히 지울 수 없는 선물이기 때문이야. 빛나던 20대를 서로만 바라보며 지냈던 날들 자체로도 크나큰 영광이자 축복이야. 당신으로 인해 울기도 서럽기도 많이 했지만, 그보다는 행복하고 즐거웠던 기억이 더 크고 따뜻하게 와닿기 때문인지 그 시절의 우리가 그립다. 우리가 영화에서처럼 언젠가 한 번쯤 우연히 마주치지 않을까. 멋지게 차려입고 다녔던 모습도 이제는 웃으며 돌이킬 수 있는 추억이라 그 또한 당신에게 고마워.

7년이라는 시간을 만나며 서로의 일부가 되어 아예 없던 사람처럼 지울 수는 없겠지만, 그럼에도 내가 당신을 생각하며 그랬듯, 당신이 나를 생각했을 때 정말 행복했던 시간이라 기억해줬으면 좋겠어.

당신을 만나며 손편지를 쓸 때 이보다 더 좋은 표현을 찾아보려 무던히 노력했지만 끝내 찾지 못했던 말을 마지막으로 남길게. 그때는 현재형이었지만 지금은 과거형으로.

사랑했다. 숨김없이 당신만.

_당신의 행복과 안녕을 빌며, H가

PART 4.

저녁 눈사람

무의식이
그려낸 사람

가끔은 꿈에 의도하지 않은 사람이 나타나곤 합니다. 최근 일어난 일을 아무리 되짚어보아도 연관성이 없는데, 일상 테두리 어느 것 하나 떠올린 흔적이 없는데,

어째서일까요? 무의식이 건네는 말일까요? 그런 건지도 모르겠습니다. 우리 몸은 생각보다 많은 사람을 간직하고 있으니까요. 좋지 않은 기억의 사람이든, 좋은 기억의 사람이든 구분 없이.

어제는 대뜸 당신 꿈을 꿨습니다. 나의 무의식이 당신을 그리고 있었나 봅니다. 까마득히 잊어버린 줄 알았는데, 이렇게 또 당신이 찾아온 걸 보니 완벽히 잊은 건 아닌가 봅니다.

한때 당신의 앞날에 온갖 저주를 퍼부었던 나였습니다. 그땐 정말 당신이 밉고 싫었지만 이젠 뒤늦게라도 당신의 앞길에 축복을 빌어주려 합니다.

그래야 무의식에 남아 있는 당신의 흔적이 완전히 날아갈 테니, 그렇게 해야만 지금 내 옆을 지키는 소중한 사람에게 내 모든 마음을 열어 다가갈 수 있을 테니.

나의 꿈은
사랑입니다

꿈이 바뀌었다.

넓은 강단에 올라서서 많은 청중에게 강연하는 사람. 조금은 화려한 자동차 키를 가진 사람. 꽤 많은 돈을 매년 기부하는 능력을 갖춘 사람. 길을 걷다 한번쯤은 '혹시 천성호 작가가 맞냐'며 질문을 받는 인지도 있는 사람. 그게 불과 몇 해 전까지의 내 꿈이었다면, 지금의 꿈은 그저 아침 캡슐커피를 사랑하는 사람과 여유롭게 내려 마시는 것. 그뿐이다. 꿈의 주체가 한 명에서 두 명, 그러니까 '나'에서 '우리'로 변한 것이다.

헬렌 니어링이 쓴 《아름다운 삶, 사랑 그리고 마무리》를 읽었다. 이 책은 헬렌 부부의 53년 결혼생활을 담고 있다. 부잣집 딸로 태어나 별다른 고생 없이 자란 헬렌은 자신보다 21살이나 많은 중년의 남성 스코트를 만나 사랑에 빠지는데, 스코트는 헬렌과는 사뭇 다른 삶에 놓인 인물이었다. 스코트는 원래 대학에서 학생들을 가르치는 일을 했으나, 미국산업주의 체제에 대항하다 대학 강단에서 쫓겨나고, 나중에는 결혼생활까지 파탄나며 결국 번듯한 직장 하나 없는 돌싱남의 처지가 돼버린다. 헬렌의 집안은 당연히 두 사람의 교제를 반대한다. 그러나 헬렌은 자신의 사랑을 이어가기 위해 스코트와 함께 도심을 떠난다. 무일푼의 상태로 귀농한 그들은 한적한 숲을 찾아 집을 짓고, 그곳에 농장까지 건설하며 터전을 잡아, 반세기의 시간을 함께 영위한다.

살아가며 선택해야 할 일들이 참 많다. 매일이 선택의 연속이라 봐도 과언이 아닐 만큼 우리의 삶은 선택의 연결고리로 이어져 있다. 그렇지만 분명 커다란 핵을 이루는 중요한 선택이 존재하고, 그 주요 포인트이자 터닝 포인트는 아마도 '동반자'일 것이다. 어떤 상대를 선택하느냐에 따라 앞으로 살아갈 삶의 모양과 결이 완전히 달라진다. 물론 결정의 번복이 가능하다지만, 선택의 번복은 많은 것을 무너뜨리는 고통을 수반하므로 한 번의 선택에 신중해진다.

헬렌 니어링의 책을 읽으며 느낀 건, 어쩌면 이 선택이 인생에 있어 가장 중요한 선택일지도 모른다는 점이었다. 어떤 선택이 50년이 넘는 세월 동안 유효할까, 생각해보면 그리 많지 않을 것이다. 반세기를 내다봐야 할 신중한 선택인 만큼, 그 어떤 선택보다 사실 어려운 숙제이기도 하다.

우선 첫째로 결정권자가 두 명이기에 혼자서 내릴 수 있는 결정이 아니라는 점. 둘째로 내가 본 모습이 상대의 전부가 아니라는 점과 사람은 한결같지 않다는 점. 그리고 마지막 셋째로, 중요한 건 지금 연애조차 제대로 못하고 있는 실정이라는 점…. 가끔은 이 마지막 사항이 가장 달갑지 않은 현실(fact)로 다가올 때가 있다.

크리스마스에
뭐하세요?

12월이 내뱉는 공기가 제법 차갑습니다. 차가운 입김에 코끝이 시큰거리네요. 추위를 많이 타는 탓에 추운 걸 싫어하지만 그래도 흘러나오는 크리스마스 노래들은 참 따뜻하고 좋네요. 거리를 메우는 이 노래들은 차가운 공기와 악수라도 하듯 추운 계절 속에 억지로 온기를 집어넣습니다.

생각해보면 우리는 한 번의 '메리 크리스마스'를 외치기 위해 수백 번의 '미리 크리스마스'를 듣는 것 같습니다. '크리스마스'라는 단어를 모으고 채집하여 사랑하는 사람에게 아낌없이 전하기 위함인 걸까요? 그럴지도 모르겠네요. 그간 부끄러워 전하지 못한 말을 "메리 크리스마스"라는 말로 대체하여 전할 수 있으니까요.

앞으로 시일이 조금 더 지나 이 계절의 주인공인 크리스마스가 찾아오면 수많은 연인들이 거리로 나오겠습니다. 운이 좋으면 당신과 저도 그 대열에 합류해 있을지 모르겠네요. 귀와 볼이 빨갛게 달아오른 우리는 크리스마스트리 아래서 알록달록한 조명을 빛 삼아 멋쩍은 포즈로 카메라를 들겠지요.

그러나 분명 추위를 많이 타는 당신과 저는 한두 장 대충 찍고서는 금방 카페로 들어가 라테 한 잔을 손에 들 것 같습니다. 당신은 크리스마스와는 상관없는 라테아트 사진을 열심히 찍을 테고, 저는 짓궂게 당신의 카메라 렌즈 앞에 머리를 밀어넣을 겁니다.

그나저나 이젠 정말 더 늦기 전에 당신에게 데이트 신청을 해야 하는데 어떻게 말을 꺼내야 할지 고민입니다. 이럴 때는 이런저런 쓸데없는 말을 덧대기보단 정형화된 멘트가 더 좋겠지요. 오늘 저녁엔 당신에게 꼭 문자를 보내야겠습니다.

"이번 크리스마스에는 뭐하세요?"

…문자를 썼다 지웠다, 하염없이 반복합니다.

gain,
pain

노래에 심취해 있다 타야 할 버스를 놓친 적이 있나요?
책에 몰두하다 내릴 역을 지나친 적은요?
열정은 항상 시간과 반비례해서,
열정이 진할수록 시간은 점차 흐려지거나 사라지고 맙니다.

그거 아는지요. 당신은 내가 쏟아부은 열정이자 잃어버린 수
많은 시간이었습니다. 그 어느 때보다 뜨거웠지만 그 열기만
큼 반대편의 계절은 몹시도 추웠죠.

그래도 당신을 알게 되며 얻은 것이 많습니다. 몰랐던 맛집을 여러 곳 가보았고, 쓰디쓴 아메리카노를 마실 수 있게 되었고, 팔자걸음을 일자 걸음으로 바꾸었고, 못 보고 지나쳐버린 명작 영화들을 많이 알게 되었으며, 편지를 많이 쓴 덕에 이젠 손 글씨도 제법 잘 쓰게 되었죠.

당신은 나를 변화시킨 고마운 사람이자
마음 한쪽 편을 아리게 한 고통.
gain이자 pain이었던 사람.

당신을 떠나보내기 위해 지금은 당신의 잔해들이 둥둥 떠 있는 바다를 항해하고 있습니다. 이 바다의 끝엔 무엇이 있을까요. 무엇이 있더라도, 무엇이 없더라도, 지금은 이 위를 지나가렵니다.

혹시 아나요, 겨울이 지나고 나면 반드시 봄이 오듯, 저 먼 수평선 너머로 나를 반기는 사람이 또 나타날지.

마음의 돛을 다잡고는 뱃머리로 밀며 나아갑니다. 나를 기다리는 새로운 계절로.

진눈깨비

진눈깨비, 눈과 비가 섞인 강수현상
당신과 나의 만남은 이 진눈깨비와 같았다
너무도 짧아서 그게 눈이었는지 비였는지조차
제대로 구분할 수 없었던 찰나의 감정

그래서일까
어느 날 불쑥 찾아온 기억은 따뜻한 눈송이 같아서
그 기억을 손으로 잡고, 이마로 맞으며 싱긋 웃었지만
어느 날 찾아온 기억은 차가운 빗물이라서
그 기억이 몸에 닿기도 전에 우산을 펼쳐야 했다

당신은 잠시 내려앉은 눈이었을까
아님 그냥 스쳐가는 비였을까
진눈깨비가 날리는 겨울 오후
후드티를 길게 쓰고는 젖은 길을 걷는다

사랑에 취할 때
우린

"야, 취해서 그렇잖아. 이해해주자."

눈물 없던 친구 녀석이 갑자기 울음을 터뜨린다든지. 목소리 작던 친구 녀석의 목소리가 급격히 높아진다든지. 아니면 갑자기 일어나 춤을 춘다든지. 우리는 혈중 알코올 수치가 꽤 차오른 친구의 우스꽝스런 행동을 웃어넘긴다. 제 정신이 아니라는 걸 이미 모두가 알기 때문이다.

사랑에 빠진 사람도 크게 다르지 않다. 사랑에 취한 사람들의 행동은 어딘가 모르게 이상하다. 내가 아는 K의 이야기를 해보자면, K는 제주도에서 짧게 스친 인연을 다시 만나기 위해 향후 일정을 취소해 가며 그녀가 사는 지역으로 찾아가는 열정을 보였다. 갑작스런 폭설로 꽁꽁 얼어붙은 겨울날이라 기차 운행조차 순탄치 않았지만 다행히 K는 그녀를 만났고 두 사람은 어느 한적한 카페에서 몸을 녹였다.

K는 이틀 뒤에 돌아왔다. K는 나에게 물리적인 거리 문제로 자신의 고백은 받아들여지지 않았고, 그저 좋은 친구로 남기로 했다며 아쉬움을 토로했다. 그러곤 곧이어 조용히 눈물을 훔쳤는데, 사실 조금 놀라지 않을 수 없었다. 오래 알고 지낸 사이였지만 K가 우는 모습을 본 건 그날이 처음이었기 때문이다. 술이 만취되어도 울지 않던 K가 사랑 한 모금에 눈물을 보이다니, 나에겐 꽤 큰 충격으로 다가왔다.

그러나 곧 K를 이해할 수 있었다. 혈중감정수치(?)가 차오른 상황에서는, 사랑에 마음이 뺏긴 상태에서는, 누구나 그와 같을 거란 걸 알기 때문이었다. 그날 나는 묵묵히 고개를 끄덕이고 또 끄덕였다. 술 취한 친구의 푸념을 들어줄 때보다 더 묵묵히 오랫동안.

그리고 몇 번의 계절을 거쳐 다시 돌아온 어느 추운 겨울날.
K와 나는 마치 약속이라도 한 듯 의자를 바꿔 앉았다.
청자는 화자의 자리에, 화자는 청자의 자리에.
우리의 술잔은 돌고 돌았고, 우리의 시련은 술잔에 담겨 비워졌다. 한 잔씩, 한 잔씩….

저녁
눈사람

사람이 사랑으로 다가올 때면 따뜻한 눈(雪)밥을 안치겠다.
사람이 사랑으로 물들 때면 가지런히 정돈된 꽃 몇 송이를 올
려놓겠다. 사람이 사랑으로 웃을 때면 기꺼이 그 사랑의 광대
가 되겠다. 사람이 사랑이 될 때면 내 온 마음을 남김없이 내
어놓겠다. 나는 눈 없는 눈사람. 아직 오지 않은 눈을 기다리
며 밤하늘을 올려다본다. 올해는 이곳에도 눈이 오려나, 저녁
을 채운 저 수많은 별이 아침에는 눈이 되어 내리길 바라며 잠
을 청한다. 내일은 해보단 구름이길. 하얀색 눈구름.

사람은 떠나가도
향기는 남고

출근길에 어느 노숙인을 대면했다. 노숙인은 반쯤 찢어져 너덜너덜한 가방을 손에 쥔 채로 터벅터벅 걸어왔다. 좁은 길목이어서 그와 필연적으로 부딪혀야 했는데, 노숙인은 느릿느릿한 걸음으로 내 어깨를 스쳐 지나갔다. 그는 곧 시선 뒤로 멀어졌고, 별생각 없이 가던 길을 걷던 나는 일순간 밀려드는 체취에 코를 있는 대로 틀어막아야만 했다.

사람의 향이 강하게 느껴지는 순간은 다가올 때가 아닌 멀어질 때가 아닐까? 사람의 향은 목덜미 어딘가에 존재해서, 앞모습보다는 뒷모습에 더 많은 여운과 향기가 묻는다. 당신이 남기고 간 뒷모습이 그러했듯.

당신은 요즘 무얼 하며 지낼까? 여전히 싱그러운 향기를 목덜미 어딘가 넣어둔 채로 지내고 있을까. 행여 당신이 내 안부를 물어온다면, 난 그저 여느 날과 다름이 없는 미적지근한 하루를 보내고 있다며 말하겠다. 당신이 남긴 잔향을 애써 외면하며, 때로는 새로운 향을 맞이할 준비를 하며, 그러다 어느 날은 오늘처럼 무방비 상태로 누군가의 체취에 된통 두들겨 맞기도 하면서…

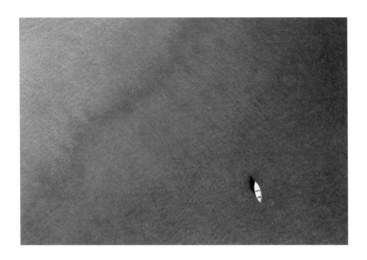

동해남부선
열차의 종점

바다는 두 발로 더 이상 갈 수 없는 육지의 끝이다. 지구가 둥
글다는 개념이 없던 유년시절엔 바다를 세상의 끝선으로 여
겼고, 먼 수평선 너머로 거대한 낭떠러지가 있어 배를 타고 나
아가면 분명 지구 밖으로 이탈하게 될 거라 생각했다.

유년시절이 끝남과 동시에 지구가 둥글다는 정보를 얻었고
바다 끝선 너머 또 다른 육지가 존재함을 알게 되었지만, 이상
하게도 마음은 여전히 바다를 세상의 끝으로 간주한다.

그래서인지 뒤엉킨 생각이 마음을 이리저리 휘젓고 다닐 땐 바다를 찾는다. 세상의 끝자락에선 모든 것이 무의미해지듯, 바다는 나를 괴롭히던 아픔과 역경을 파도로 삼키고, 삼키고 간 자리엔 어김없이 잔잔한 여운을 슬쩍 밀어놓는다.

크나큰 바다의 몸집에 비하면 우린 얼마나 작은 존재이던가. 끝이 보이지 않는 바다의 깊이에 비해 우리의 아픔은 얼마나 가볍고 부질없는 잔해이던가.

복잡한 마음을 싣고서 올라탄 동해남부선 열차. 달리고 달려 열차의 끝에서 마주한 잔잔한 겨울바다. 다시 육지 한가운데로 돌아가면 여지없이 밀려들 아픔이지만, 지금 이 순간만큼은 잠시 바다에 모든 걸 내려놓으려 한다. 먹먹한 아픔도, 막연한 걱정도, 그리고 홀로 선 두려움도.

언젠가,
당신의 아픔도 이 바다에 씻겨 말끔히 사라지기를.

어느 남녀의
희망사항

야, 이런 사람은 절대 안 돼
음… 이 사람 정도면 좋겠어
아냐, 성격만 조금 맞으면 돼
하… 그냥 사람. 성별 다른 사람

경험은 늘어 가는데
사람 만나는 건 왜 점점 더 어려워만 지는지….

빛을 기다리는
정류장

약속이라도 한 듯 가로등이 모두 눈 감아버린 비 오는 짙은 밤. 거리는 암막커튼을 쳐놓은 것처럼 어두운 적막을 쏟아낸다.

버스들은 하나둘 조명탄을 입에 물고서 정류장에 나타나고 사라지기를 반복하지만, 정작 나를 구원해줄 버스는 좀처럼 모습을 드러내지 않는다.

왠지 이 상황이 낯설지 않은 건 어떤 연유일까. 낯설지 않다는 건, 아마도 이 기다림이 삶의 기다림과 제법 흡사하기 때문이 겠지. 삶은 때때로 캄캄한 어둠 속에 갇혀 옴짝달싹 못할 때, 불쑥 누군가가 빛을 쥔 채로 나타나 구원의 손길을 내밀어주 곤 하니까.

지금 기다리는 것이 집으로 가는 버스인지, 아니면 빛을 쥔 사 람인지는 모르겠지만, 그저 지금은 기다릴 뿐이다.

앞으로 다가와 줄 그 한 줄기 빛을.

친구와 연인
사이

학창시절부터 알고 지내온 동창이 있었습니다. 인기가 많은 친구였죠. 어릴 땐 여러 친구들과 함께 어울려 놀았지만 20대가 되면서 그 친구와 둘이서 만나는 일도 꽤 많았죠. 서로가 서로를 너무도 편하게 생각해서 같이 영화를 보고 술을 마셔도 별 문제가 없었습니다. 물론 서로가 솔로였을 때의 이야기지만요.

그 당시 저와 친구는 각각 한 번의 연애를 경험한 뒤여서, 술자리를 함께하며 서로의 지난 연애담을 허심탄회하게 털어놓고는 했습니다. 저는 그 친구의 이야길 들으며 남자의 입장에서 얘기를 해주었고, 그 친구는 여자의 입장에서 조언을 해주었죠. 이미 지난 사랑을 말한들 무슨 소용이 있겠냐만, 그 친구와의 대화는 꽤 큰 위로를 안겨주었습니다.

그게 어쩌면 시발점이었는지 모르겠습니다. 그 친구를 친구 이상으로 생각하게 된 순간 말이에요. 사랑은 참으로 여러 모양으로 다가와서 가끔은 코앞에 오기 직전까지 사랑인지를 모를 때가 있습니다. 방심할 때 훅 들어오는 것. 그 또한 수없이 변하는 사랑의 변덕이겠습니다.

당시 제게 사랑은 그와 같은 변덕이었고, 친구와의 또 다른 만남에서 그만 마음을 고백해버리고 말았습니다. 결과는, 당연히 거절이었습니다. 친구는 한 번도 저를 이성으로 생각해본 적이 없었기에 저의 고백을 장난으로 받아들이려 했고, 끝내 장난이 아님을 알게 된 친구는 진지하지만 조심스러움이 잔

뚝 묻은 말로 거절 의사를 밝혔습니다. 취기를 빌렸다고는 하나 취하지는 않았으니 주사라곤 볼 수 없고, 그땐 그 친구가 정말로 이성으로 느껴졌으니 사랑이 아니었다고도 말할 수 없겠습니다. 하지만 만약 다시 그때로 돌아간다면, 저는 그 마음을 그저 속으로만 삼킬 것 같네요. 그날 이후 저는 오랜 친구 한 명을 잃었으니까요.

친구에게 마음을 고백하기에 앞서 염두에 두어야 할 점은, 고백의 결과가 승낙이든 거절이든 더는 예전의 관계로 돌아갈 수 없다는 점입니다. 행여 돌아간다고 한들 보이지 않는 서먹함은 관계에 들러붙고 맙니다. 각자 그 불편을 감내해야만 하죠.

지금 저와 그 친구의 관계가 그렇습니다. 이미 녹이 슬 만큼 오래 전 일이지만, 여전히 우리는 서로의 바뀐 연락처를 모르고, 어쩌다 '좋아요' 버튼을 한번씩 눌러주는 SNS 친구로 그저 관계를 이어가고 있습니다. 더는 예전으로 돌아갈 순 없지만 지금은 진심으로 그 친구의 행복과 사랑을 응원하는 중입니다. 완전한 친구로서, 오랜 친구의 면모로.

노란
전구 효과

제가 아는 Y라는 사람(자기 연애는 잘 못하지만 남 연애는 잘 도와
주는 사람)은 이제껏 많은 소개팅을 주선해주었는데, 요즘은
주선해줄 때마다 가급적 저녁에 만날 것을 당부한다고 합니
다. 그 이유를 물으니 스스로 나름의 통계를 내어보니 밤에 만
난 소개팅이 성사율이 더 높았고 연인으로 발전한 사례가 많
다는 거였습니다.

이게 무슨 터무니없는 통계인지, 근거가 너무도 주관적이라
큰 신뢰가 가진 않았지만 그래도 타로점을 보듯 재미로 듣기

에는 썩 괜찮은 그만의 학설(?)이었습니다. 그의 말을 듣고는 그 주장을 뒷받침해줄 만한 근거가 없을지를 나름대로 해석하며 찾아보았습니다.

제가 해석하기에 그의 주장을 받쳐줄 만한 근거는 '전구'가 아닐까 싶었습니다. 전구, 특히 노란색 전구는 사람을 단정하게 보이게 하는 재주가 있어서 마치 카메라 어플의 사진처럼 어느 정도 보정효과를 불러일으키죠. 어쩌면 소개팅 장소로 카페가 많이 선택되는 이유도 이 때문일지도 모르겠습니다. 첫 만남의 인상은 어느 때보다 단정할 필요가 있으니까요.

아무튼 믿거나 말거나, Y의 주장에 입각해 소개팅을 앞둔 당신에게 신빙성 없는 조언을 해본다면, 소개팅의 장소는 태양광보단 노란 전구 아래서, 시간대는 눈부신 낮보단 어스름한 저녁이 어떨까 싶네요. 그런데 만약 상대를 불가피하게 밝은 낮에 만나야 한다면, 혹 만난 상대가 마음에 들었다면, 되도록 노을 진 저녁까지 그분과 함께하길 바랍니다.

당신의 밤은 낮보다 더 아름답습니다.

뒷모습의
여운

언젠가 당신은 왜 자꾸만 뒷모습을 찍어대냐며 나에게 물었다. 그러고 보니 당신의 뒤태를 찍은 사진이 이렇게도 많다. 나는 이상스레 뒷모습 사진이 좋다. 뒷모습 사진만으로는 그 사람이 웃었는지, 울었는지, 아니면 그저 무덤덤한 표정을 짓고 있었는지, 전혀 알 방도가 없으니까. 나는 그런 궁금증이 좋다. 완전한 모습을 담아내지 못한 아쉬운 여운 같은 것 말이다. 또 뒷모습에는 적절한 무게감이 느껴지기도 한다. 장면의 가벼움이 없다고 할까? 특히 눈부신 풍경 아래에 비친 어깨선은 무게감을 한가득 실어 아련한 감성을 연출해낸다.

오늘은 이리저리 분산된 사진들을 정리하다 당신의 뒷모습 사진을 선별해보았다. 사진들을 하나씩 차례대로 눌러보며 지난날의 추억을 복기했는데, 아직 바래지 않은 기억의 사진이라 그런지 뒷모습만 보아도 당신의 표정이 눈에 선했다. 어떤 날의 사진은 해맑았고, 어떤 날은 잔망스러웠고, 또 어떤 날은 아련했다.

아마 시간의 모래가 조금 더 떨어지고 나면 당신의 표정도 차츰 흐릿해지겠지. 그 날이 오면 당신을 이곳으로 데려와 이 사진들을 함께 열어보겠다. 아마 당신은 분명 그때 찡그린 얼굴이었다 말할 테고, 나는 당신이 이가 훤히 다 드러나도록 웃고 있었다며 사실을 왜곡할 것이다. 그러면 당신은 냉랭한 기색을 내뿜으며 날카롭게 나를 노려볼 테고, 아마 그렇게 당신과 나는 지난 사진을 한 장 한 장 꺼내놓으며 지난 추억에 젖어들 것이다. 몇 장의 뒷면을 시작으로 수십 개의 앞면을 돌려보고 또 돌려보며.

그때 내가 좋아한 노래
당신이 즐겨듣던 노래
함께한 공간에서 흘러나오던 노래

이 노래들은 이젠
노래가 아닌 장면으로 남아있네요.

집으로 가는 퇴근 버스 안
이어폰을 꽂고서 지난 장면을 듣습니다

창가 너머로 많은 추억이 스쳐가고
나는 창가에 머릴 기댄 채 그 추억 속을 지납니다

어쩐지 오늘은 지난 내가 되고 싶은 날
문득 지난 당신이 차오르는 날

환한 달이
저 먼 우릴 비춥니다

온전히
두 사람 몫

작은 서점을 운영하는 남자와 유명배우인 여자가 사랑에 빠집니다. 남자의 서점에서 첫 만남을 가진 이들은 여러 운명적 사건 덕분에 연인 관계로 발전하는데, 여자의 유명세 탓에 이들은 사람들의 눈을 피해 데이트를 합니다. 그런데 남자는 초라한 자신과는 너무도 다른 삶을 사는 유명인 여자를 점점 부담스러워 하고, 결국 자신과 어울릴 수 없는 사람임을 자각한 남자는 여자를 포기하는데, 이에 여자는 이 우둔한 남자를 찾아와 이와 같은 말을 남기곤 자리를 뜹니다.

"유명하다는 건 사실 그리 대단한 게 아니에요.
잊지 마요. 난 그저 한 남자 앞에 서서 사랑을 바라는 여자일 뿐이에요."

이 내용은 고전 멜로영화 〈노팅힐〉(Notting Hill, 1999)의 이야기입니다. 당대 최고의 배우 줄리아 로버츠와 휴 그랜트의 인생작이라 말할 수 있는 이 영화는, 보는 이의 마음을 쥐락펴락하며 마음을 졸이게도 설레게도 한 명작이죠.

사랑은 비슷한 조건의 사람끼리 만나 나누는 것이라고들 하지만, 사랑이라는 감정은 사회가 강요하는 제한을 따르지 않기에 전혀 다른 삶을 살아가는 이에게도 닿습니다. 사람이 사람을 온전히 사랑하는 데 어찌 조건과 제약이 따르겠냐마는, 영화처럼 조건이 서로 다른 사람들의 사이에는 사실 번번이 문제가 발생합니다. 당사자가 아닌 제3자의 명찰을 달고 있는 가족1, 가족2, 주변사람1, 주변사람2 등등에게서 말이죠.

이 같은 문제에 직면한 사람들을 주변에서도 또 여러 매체를 통해서도 많이 접합니다. 집안의 반대, 주변 사람의 간섭, 관련 없는 사람들의 시선에 시달려 사랑보단 현실을 택하자며 이별을 선택하는 사람들을 말이죠. 현실이라는 비정한 곳에서 그들이 택한 힘든 선택을 감히 무어라 말할 순 없지만, 만약 아직 그들에게 선택의 여지가 조금이라도 남아있다면 그들에게 다시 '사랑'을 선택하라고 말하고 싶네요.

사랑은 온전히 두 사람의 몫이기에 시간이 흐르면 결국 두 사람만 남아요. 두 사람이 걸어가는 길옆에 왕성하게 자리하던 사람들은 언젠가 모두 사라져버리죠. 그러니 만약 지금의 사랑이 서로가 아닌 타인 때문에 괴롭다면, 현재 손잡고 있는 서로의 얼굴을 한번 유심히 들여다보세요. 평생을 함께할 유일무이한 사람의 얼굴인가요? 그렇다면 그 손 놓지 마세요.

학교 앞
떡볶이집

오늘은 옛 동네를 걸었습니다. 어린 시절 뛰어놀던 집 앞 슈퍼는 이젠 대형 프랜차이즈 편의점이 되었더군요. 500원짜리 동전 하나 들고서 제집처럼 들락날락하던 오락실은 그 모습을 완전히 감추었고요. 신간을 애타게 기다리며 찾던 만화 대여방은 치킨집이 되어 더는 퀴퀴한 책 냄새를 맡을 수 없게 되었습니다. 거리는 그대로인데 거리를 채운 상점들이 너무도 변해서 어쩐지 옛길이 낯설기만 합니다.

쓸쓸함을 어금니로 물고는 옛 학교 앞을 지났습니다. 역시 이곳도 세월의 옷을 바꿔 입은 모습. 지난 향기를 찾으려 주변을 맴돌며 서성였습니다. 그러다 학교 앞 떡볶이집까지 닿게 되었죠. 놀랍게도 그곳은 그 옛날 그 모습 그대로였어요. 달라진 점이 있다면 사장님의 헤어스타일 정도랄까요? 그렇지만 사장님의 푸근한 미소는 변함없었죠.

"여기 학교에서 일하시는 분이라?"
떡볶이를 집어 드는 내게 사장님은 어묵국물을 건네며 구수한 사투리로 물었습니다.

"아, 아뇨. 이 학교 학생이었어요. 이십 년 전쯤에요."

떡볶이 몸통 절반을 앞니로 댕강 잘라내고는 입안으로 밀려드는 소스를 혀로 음미해갔습니다. 예전 그 맛 그대로였습니다. 사장님은 졸업생 보너스라며 삶은 달걀 하나를 그릇에 올려다 주었고, 떡볶이 소스가 덜 묻은 달걀흰자를 바라보며 지난 어린 시절을 회상했습니다.

숱한 낮과 밤이 지나도, 거센 세월 바람이 불어와도, 그 자리 그 모습으로 남는 가게와 사람이 있습니다. 그런 곳과 사람을 만날 때면 소복이 먼지가 내려앉은 옛 기억마저도 그때의 모습으로 다시 돌아가곤 하죠. 언젠가 시간이 더 지나서 당신을 만나게 된다면 오늘 같은 기분이 들까요. 당신은 늘어난 주름을 만지며 '나 많이 변했지'라며 말할 것 같지만, 왠지 그 모습마저 변하지 않은 당신일 것만 같네요.

기약 없지만 언젠가, 어느 날에, 우리 만나기로 해요. 괜찮다면 여기 떡볶이집으로 와도 좋고요. 아마 그때도 분명 사장님은 삶은 달걀 하나를 우리의 그릇에 슬쩍 얹어줄 겁니다.

눈물 버튼

사람들은 저마다 눈물 버튼 한두 개쯤 지닌 채로 살아간다. 그래서 삶 속에서 우연히 그 버튼이 눌러질 때면 저도 모르게 눈물을 왈칵 쏟아내 버린다. 마치 스위치가 '딸깍' 하고 켜지는 것처럼.

얼마 전부터 오랜 세월을 함께해온 당신의 반려묘가 복막염이라는 큰 질병을 앓게 되었다. 그 후로 당신은 '지구별 고양이'라는 단어를 들을 때면 말없이 지구별을 떠나게 될 반려묘의 모습이 떠올라 눈물이 왈칵 쏟아진다고 말했다.

당신은 누구나 그런 단어가 한두 개쯤 있지 않느냐며 눈가에 눈물을 쓱 닦아내며 내게 되물었는데, 왠지 단번에 떠오르지 않았다. 예전엔 분명 '아버지'라는 말을 들을 때면 목이 절로 메곤 했는데, 지금은 꼭 예전처럼 슬프게 다가오지만은 않는 것 같다. 아마 세월과 상황에 따라 감정이 계속해서 변하고 성숙해지기 때문이겠지.

나는 지금도 역시 내 눈물 버튼이 어디 있는지, 무엇인지를 제대로 알지 못하지만, 아마 멀지 않은 시기에 발현되지 않을까 싶다. 눈물 버튼은 원하든 원하지 않든 삶 속 어딘가에서 불쑥 작동되니까.

음, 그런데 이 점만은 확실하게 말할 수 있겠다. 당신을 알게 되어 눈물을 흘릴 일이 더 늘었다는 사실을 말이다. 함께한다는 건 같이 웃을 일이 많아진다는 얘기이지만, 한편으론 함께 슬퍼할 일도 늘어난다는 얘기도 되는 셈이니까.

편한
사람

며칠 같은 카페, 같은 자리에서 글을 쓴다
커피 맛이 썩 훌륭하지도 않고
그렇다 해서 직원이 친절한 편도 아니고
하물며 버스로 일곱 정거장을 지나와야 하는 곳임에도
왜 나는 이곳에 엉덩이를 붙이고 있을까

편해서다
이곳은 내 안의 파동을 고요하게 만든다
문고리를 잡고 열어젖히는 건 나이지만
내 손목을 잡아끄는 건 분명 이곳이다

언제부터인가 내게 사랑도 그랬다
예전엔 사람을 사랑하는 것에 여러 조건을 걸었는데
이제는 누가 뭐라 해도 그저 편한 사람이 좋다

함께 있을 때 침묵이 어색하지 않고
침묵조차 느끼지 못하게 하는 사람
한 그루의 나무가 되고, 또 되게 하는 사람

그런 사람이라면
그저 함께한다는 것만으로
하루의 모든 보상이 다가올 테니

LOVE.
—————— j u s t
LOVE.